LOISIRS

LITTÉRAIRES

dédiés

A S. EXC. LE MINISTRE DE L'INTÉRIEUR

PAR

CLOVIS BESSON,

PROFESSEUR. D'HISTOIRE ET DE FRANÇAIS, ANCIEN ÉLÈVE DE
L'INSTITUTION IMPÉRIALE DES JEUNES-AVEUGLES.

—

BORDEAUX

Imprimerie RAGOT, rue de la Bourse 41-43.

—

1858.

LOISIRS LITTÉRAIRES.

LOISIRS

LITTÉRAIRES

dédiés

A S. EXC. LE MINISTRE DE L'INTÉRIEUR

PAR

CLOVIS BESSON,

PROFESSEUR D'HISTOIRE ET DE FRANÇAIS, ANCIEN ÉLÈVE DE
L'INSTITUTION IMPÉRIALE DES JEUNES-AVEUGLES.

———

DEUXIÈME ÉDITION.

———

BORDEAUX

Imprimerie RAGOT, rue de la Bourse 11-13.

—

1858.

A MONSIEUR CLOVIS BESSON, A BORDEAUX

Monsieur,

Ce n'est pas sans un sentiment de sympathique admiration, que j'ai pris connaissance du petit manuscrit littéraire dont vous avez bien voulu me soumettre l'examen, tâche, légère et flatteuse, que je remplirai consciencieusement et avec bonheur.

Quelques-uns de vos morceaux me paraissant mous et paresseux à l'excès, avec votre permission et dans votre intérêt je les supprime; d'autres très-jeunes, et par cela même trop peu réfléchis, méritent conseil et correction; d'autres enfin, c'est le plus grand nombre, sont à l'abri de tout reproche : ils parlent au cœur, qu'ils émeuvent et captivent, et qu'ils savent parfois remplir de larmes. Votre style, toujours doux et facile, et parfois entraînant et sublime, est souvent revêtu de fleurs fraîches et pleines d'un suave parfum.

Courage et persévérance, Monsieur. Que les déceptions qui pourront entraver vos pas ne vous soient en rien d'incibles obstacles. Ne vous laissez point abattre; tôt ou tard, la réussite doit couronner vos efforts de succès. Puissent vos poésies, pures et pieuses comme la pensée qui les mit au jour, trouver en tous lieux le touchant intérêt et la vive sympathie que sous tous les rapports elle commande.

Votre très-affectionné serviteur,

Alphonse De LAMARTINE.

Paris, 28 Juillet 1856.

A MONSIEUR CLOVIS BESSON, A BORDEAUX,

MONSIEUR,

Pour la troisième fois, j'achève la lecture du petit manuscrit poétique dont vous avez bien voulu me faire part, et je mets à l'instant même la main à la plume pour vous dire les sympathiques impressions que j'ai éprouvées en l'examinant.

Si je passais en revue vos pièces une à une, je vous adresserais, pour le plus grand nombre, des éloges aussi mérités que sincères, et, pour quelques autres, des observations et même des reproches aussi francs que justes.

Mais, dans l'intérêt de mes occupations pressantes et nombreuses, je dois les envisager dans leur ensemble.

Monsieur, vos poésies, qui m'ont fait un sensible plaisir et inspiré une foule de touchantes réflexions sur la sagesse de Dieu dont la main vous a béni d'une manière aussi visible, vos poésies, dis-je, m'ont paru quelque peu monotones et marquées d'un sceau de jeunesse qu'expliquent votre âge et la vie égale et paisible que vous avez menée jusqu'à ce jour dans l'étonnante école d'où vous sortez. J'y ai trouvé quelques répétitions, et des expressions qui pourraient, je crois, facilement se remplacer.

Votre style, d'un naturel aimable, plaît autant par son harmonie que par son élégance; il est simple et quelquefois sublime, suivant que le demandent les sujets.

Vos images, parfois orientales et souvent hardies, se montrent le front paré de grâce et de fraîcheur.

Une âme aimante et tendre, un cœur brûlant, avide et facile à comprendre, que vous avez reçu du Ciel, comme le dit, dans un de vos plus jolis morceaux « une bouche « amie et aimée », — voilà ce qui parle encore à haute voix en votre faveur.

J'espère, Monsieur, que la satisfaction que j'ai ressentie en parcourant vos *Essais poétiques* sera partagée du public qui vous lira, regrettant comme moi les rudes entraves qu'impose à votre talent précoce votre position attachante et malheureuse.

Agréez l'assurance de ma parfaite considération.

Marquis DE B***.

Paris, le 25 Octobre 1854.

———————

ACADÉMIE IMPÉRIALE

DES

SCIENCES, BELLES-LETTRES ET ARTS

DE BORDEAUX.

Hôtel de l'Académie,
Rue Saint-Dominique, 1.

Bordeaux, le 10 Août 1855.

Je vous suis bien reconnaissant, Monsieur, de l'aimable
attention que vous avez eue de m'envoyer le recueil de
vos *Essais poétiques*. J'ai lu et relu vos vers avec un vif
intérêt, parce que le tour en est généralement gracieux et
facile, le style souvent imagé et la pensée toujours pieuse
et pure ; il y a quelques négligences, sans doute, et certaines pièces peuvent même paraître un peu faibles, mais
les beautés dominent, et ce m'est à la fois un sujet d'éton-
nement et d'admiration que vous ayez pu si magnifique-
ment suppléer par les yeux de l'intelligence à l'organe dont
vous avez le malheur d'être privé.

La Providence est grande et réparatrice, Monsieur, et
vous êtes une preuve vivante que la douceur de ses consolations peut corriger les amertumes du sort et les cruelles
erreurs de la nature.

Continuez, Monsieur, à aimer Dieu et à cultiver les lettres; c'est un sûr moyen de jouir de l'estime de vous-même et de conquérir toutes les sympathies des gens d'esprit et des gens de cœur.

Je suis bien sincèrement, Monsieur, votre dévoué et affectionné serviteur.

Le Président de l'Académie Impériale,

M⁺ DE BOURDILLON.

LOISIRS LITTÉRAIRES.

NOTICE HISTORIQUE

SUR

L'INSTITUTION DES JEUNES-AVEUGLES,

Près d'un siècle s'est écoulé depuis le jour heureux et mémorable où Valentin HAÜY s'arrêta devant un eune aveugle de 16 à 18 ans (Lesueur), qui sollici-ait la charité publique à la porte d'une des princi-pales églises de Paris, pendant le cours d'une céré-nonie religieuse.

. . . .

Haüy n'était pas riche, mais il était si bon et trou-vait tant de jouissance à faire le bien, que toujours sa main gauche ignorait ce que sa main droite avait donné.

La cloche annonça la fin de l'office : la foule des fidèles sortit du lieu saint et se dispersa. Haüy, qui

2

se tenait à l'écart et qui paraissait absorbé dans de profondes réflexions, s'avança alors vers l'infortuné, prit sa main dans la sienne, et lui dit avec bonté :

« Mon ami, si quelqu'un vous promettait de vous
« instruire, vous sentiriez-vous assez de courage et
« de persévérance pour vaincre les difficultés de vo-
« tre position ?

— « Ah ! Monsieur, le zèle ne me ferait point dé-
« faut, mais je suis aveugle ! répondit le jeune homme,
« dont les yeux se remplirent de larmes, et dont la
« figure rayonnait de bonheur.

— « Je le sais, répliqua Haüy ; suivez-moi : je me
« charge de votre éducation. »

A quelques jours de là, Lesueur savait lire ; son maître s'était servi de caractères en relief, semblables aux caractères d'imprimerie, dont il avait fait apprécier les différentes formes à ses doigts devenus ses yeux. Ainsi s'est accomplie cette parole de l'É-vangile : « Les aveugles verront. » Dieu puissant ! tu as enfin brisé le sceau d'airain qui retenait captive la pensée de ceux que ta sagesse avait privés de la vue.

La lumière est sortie des ténèbres qui la voilaient !
Merci, mon Dieu, merci !

Les succès de Lesueur ont amené successivement
trois, sept et quinze enfants, auxquels le de l'Épée
des aveugles enseigne les diverses branches.des connaissances humaines. Ces nouveaux élèves exercent
encore avec habileté plusieurs travaux manuels, et
des musiciens distingués leur donnent de gratuites et
fructueuses leçons.

Le nom de Haüy vole de bouche en bouche ; Necker
l'a retenu. La cour de Louis XVI et cet excellent
prince lui-même, désirent voir de leurs propres yeux
ce qu'ils ont entendu dire d'Haüy et de ses enfants,
qui, d'après un ordre de Sa Majesté, se rendent à
Versailles, où la Famille Royale et la Cour leur font
le plus sympathique accueil. Une expérience scienti-
fique et musicale ayant eu lieu devant l'auguste as-
semblée, les élèves et le maître se retirent, après
avoir recueilli les témoignages de la plus vive satisfaction et reçu du roi la promesse de vingt mille francs
de subvention annulle.

Haüy est heureux ! Il n'ira plus désormais, comme

un second Vincent-de-Paul, demander à la charité
publique le pain qui doit nourrir ses enfants adoptifs.

La paix et le bonheur sont, pendant quelques années, le partage de l'Institution des Jeunes-Aveugles ;
mais l'œuvre d'Haüy n'est point épargnée par l'hydre
révolutionnaire, et ces pauvres enfants, devenus es-
claves des bourreaux de la France, leur noble patrie,
sont les coryphées des fêtes absurdes et dégradantes.
qu'inventent tour à tour la démence et l'hypocrisie.

Laissons toutefois loin de nous ce théâtre d'hor-
reur, où tant de crimes sont commis, tant de vertus.
sublimes offertes en sacrifice à l'orgueil et à la vengeance, et reposons-nous quelques instants à l'ombre
du pouvoir directorial.

Les aveugles sont de nouveau réunis sous les lois
paternelles d'Haüy ; mais un autre orage éclate : le
Directoire n'est plus, et le bienfaiteur des victimes de
la cécité, obligé de quitter la France dont l'air est
trop pesant pour lui, va fonder en Russie un établissement analogue à celui dont il a doté son pays.

Une fois encore, les aveugles sont abandonnés à

eux-mêmes. Que vont-ils devenir? Hélas ! dans son incompréhensible sagesse, le 1er Consul veut qu'ils soient incorporés à la Maison des Quinze-Vingts, hospice créé par saint Louis, pour servir de refuge aux aveugles âgés. Là, l'oisiveté devint leur partage.

Mais l'Empire n'est plus; Louis XVIII occupe le trône et se souvient des aveugles, qui sont séparés des Quinze-Vingts et confiés aux soins du docteur Guillet. C'est à cette époque que, revenu de Russie couronné de nouveaux lauriers, Haüy reçoit de ses enfants les plus affectueuses caresses et les plus vifs témoignages de reconnaissance, au sein d'une cérémonie publique donnée en son honneur.

Quelques jours plus tard, le deuil et la désolation régnaient dans l'Institution des Jeunes-Aveugles, Haüy venait de quitter la terre, pour aller prendre au Ciel possession de la couronne que Dieu destine aux cœurs bienfaisants.

Au docteur Guillet succède le docteur Pigner. Sous ces deux directeurs, l'Institution s'accroît considérablement et fait d'immenses progrès.

Deux aveugles vraiment distingués que nous avons

eu le précieux avantage de connaître, et qui sont depuis peu descendus au tombeau, méritent que leurs noms soient connus du public. L'Institution, après les avoir admirés au rang de ses élèves, les a longtemps chéris comme ses professeurs, et pleurés à leur mort comme ses plus fermes appuis ; car, à tous les deux, elle doit amour et reconnaissance.

Le premier, Louis Braille, est l'inventeur de l'ingénieux système d'écriture en points saillants, qui permet aux aveugles de faire des compositions littéraires et orthographiques qu'ils peuvent facilement se communiquer. Nous devons dire ici qu'avant Louis Braille, M. Barbier avait découvert le système en points ; mais les changements que le premier apporta dans l'application de ce mode d'écriture, nous dirons même dans sa composition, nous autorisent à lui en attribuer presque tout le mérite. Non content d'avoir mis ses compagnons d'infortune à même de se lire, Louis Braille voulut encore qu'ils fussent lus par les clairvoyants ; et après de longues et pénibles recherches, et grâces aux merveilleux talents mécaniques de M. Foucauld, il les a dotés d'une machine au moyen de laquelle ils écrivent pour les yeux.

Le second, Gabriel Gauthier, est auteur d'un Traité complet d'Harmonie, très-estimé et très répandu, et d'un grand nombre de Messes et autres morceaux religieux d'un rare mérite. C'est à lui que l'Institution est redevable de son excellente école d'orgue, d'où partent chaque année de jeunes artistes qui vont se placer dans nos églises de France.

Un troisième, qui nous est personnellement inconnu, Penjon, vient d'obtenir sa retraite et la croix d'Officier de la Légion-d'Honneur, après avoir professé glorieusement, pendant vingt-sept ans, les hautes mathématiques, dans le Lycée impérial d'Angers.

Nous pourrions mentionner une foule d'autres aveugles qui se sont distingués, mais nous faisons une esquisse de l'histoire de l'Institution et non l'éloge des sujets qu'elle a produits.

En 1840, le docteur Pigner, mis en retraite, eut pour successeur M. Dufau, l'un des plus méritants de nos compatriotes, qui, depuis quinze ans, conduit l'Institution dans la voie du progrès, en combattant, dans des écrits couronnés par l'Académie Française, les nombreux préjugés qui escortent partout la cécité, en tenant d'une maïn ferme les rênes de la Maison commise à sa garde et à ses soins paternels.

Nous avons l'espoir fondé que le département de la Gironde, où se trouvent plus de 600 aveugles, tendra la main à ceux de ses enfants qui sont, par leur âge, le plus susceptibles d'être instruits, en ouvrant, dans notre belle ville de Bordeaux, une école où ils se donneront rendez-vous. Nous avons aussi la douce persuasion que le Gouvernement protégera cette œuvre, et que, de leur côté, les départements limitrophes créeront des bourses; et puis la sympathie publique étant acquise à ce nouvel Établissement, il viendra puiser ses ressources dans les trésors intarissables de vos cœurs toujours ouverts à la souffrance.

(Ce morceau fut lu dans une séance publique donnée à Bordeaux.)

ESSAI CRITIQUE

—

A MM. ALLARD FILS, NOTAIRE A ROCHEFORT,
ET DILLARD (AUGUSTE) OFFICIER AU 5me HUSSARDS.

Ne condamnons jamais autrui
Sans parfaitement le connaître,
Et gardons-nous de voir en lui
Des vices que nous faisons naître.
Agissons toujours prudemment,
Et, plus que tout, craignons de faire
Le moindre petit jugement
Digne du nom de téméraire.
Mais on lit, dans nombreux auteurs,
Que chez nous la mode est venue

D'établir propos corrupteurs

La phrase la plus ingénue.

Avez-vous modeste regard?

Parlez-vous un simple langage?

De suite, on vous dit en retard,

On vous montre au doigt au passage.

Foule d'écrits disent encor :

Que la belle et noble franchise,

Aux yeux de notre siècle d'or,

N'a pas la valeur d'une prise.

Soyez franc, vous êtes jugé

L'être le plus insupportable;

Soyez faux, vous êtes logé

A l'hôtel de l'homme honorable.

Voulez-vous bien vous faire voir

De tout ce qui vous environne?

Sachez-vous montrer blanc ou noir,

Suivant que l'intérêt l'ordonne.

Et voilà quels sont les progrès

Du siècle de gloire où nous sommes.

Ah! plus aujourd'hui que jamais,

En les aimant, plaignons les hommes.

Voulez-vous avoir des amis?

Ayez toujours bourse bien pleine!

Et l'espoir vous sera permis

De vivre à l'abri de la haine:

Partout on vous accueillera

Avec de joyeux chants de fête,

Et des jardins on cueillera

Les fleurs pour orner votre tête:

Vous verrez du matin au soir,

En l'honneur de votre richesse,

Fumer l'enivrant encensoir

Qu'allume pour vous la bassesse.

Mais de vos trésors, quelque jour,

Si le malheur tarit la source,

Payant vos bienfaits de retour

Vos amis ouvriront leur bourse?

Non; comme au souffle des hivers

Nous délaissent les hirondelles,

Quand sur vous fondront les revers,

Pour vous fuir ils auront des ailes.

Leur montrez-vous dans le passé

Votre généreuse opulence?

Son souvenir s'est effacé
A l'aspect de votre indigence.
Jadis, on vous riait des yeux,
On vous parlait avec aisance ;
Maintenant, on est soucieux,
On se tait en votre présence.
Trouvez-vous sur votre chemin
Un frère de votre jeune âge ;
Vous regardant avec dédain,
Il vous dit de prendre courage ;
Un autre qui vous voit venir
Vous offre ses vœux bien sincères ;
Il voudrait vous entretenir,
Mais il se rend à ses affaires.
Et voilà pourtant les progrès
Du siècle de gloire où nous sommes.
Ah ! plus aujourd'hui que jamais,
En les aimant, plaignons les hommes.

De toute part, au poids de l'or,
On voit se racheter le crime,
Et pour qui possède un trésor,

On sent en soi naître l'estime.

Partout, des masques et du fard
On voit l'active concurrence;
Sous les caresses, le poignard,
Le désespoir dans l'espérance.

L'amitié n'est plus de saison;
Lois, vertus, sont des mots superbes,
Dont se rit la vieille raison
De nos philosophes imberbes.

Sans trouble, ainsi que sans émoi,
Savoir changer sa conscience
En se disant de bonne foi,
Du monde telle est la science.

Tout en admirant les progrès
Du temps glorieux où nous sommes,
Bien plus aujourd'hui que jamais,
En les aimant, plaignons les hommes.

Il n'est pas, dit-on, très-prudent
Et d'une bonne politique
De se montrer indépendant,
Même quand on se fait critique.

Mais, avant tout, la vérité,
Sans voile, au jour doit être mise,
Et jamais la sincérité
A rien ne doit être soumise.
Voilà pourquoi je viens, sans peur
De m'attirer votre disgrâce,
Vous dire combien est trompeur
Le monde qui sous vos yeux passe.
Je vous connais le cœur trop droit,
Je vous sais l'âme trop parfaite,
Pour n'avoir pas donné bon droit
A cette ébauche que j'ai faite.
Moi, je ne puis dissimuler,
Et je trouve ma jouissance
A toujours agir et parler,
Sans réserve, comme je pense.

QUATRAINS.

A MADEMOISELLE MALVINA.

Avec l'hommage de ses fleurs
Qui trop vite seront passées,
Agréez celui de nos cœurs
Et de nos plus chères pensées.

Charmant Domino noir
Dont la voix est si tendre,
Combien j'aime à t'entendre
Que je voudrais te voir !

FRAGMENTS.

Ange dont la voix si touchante
A pour moi la douceur du miel,
Rose dont le parfum m'enchante,
Près de vous je me crois au Ciel.
Vous aimer de toute mon âme,
Toujours vous porter dans mon cœur,
Vous dire ma constante flamme;
Voilà ce qui fait mon bonheur.

Pour moi, votre bouche vermeille
Prononce-t-elle un mot d'amour,
Je suis joyeux comme l'abeille
Aux premiers rayons d'un beau jour.
Si parfois mon âme est flétrie,
Vous êtes là pour me charmer.
Ange si doux, je vous en prie,
Laissez-moi toujours vous aimer.

Toutes les nuits, ta douce image
Dans un beau rêve me sourit ;
De celui que mon cœur chérit,
Si ce n'était de ton jeune âge,
Enfant, en toi je croirais voir
Les traits comme dans un miroir.

Si le Ciel me faisait la grâce
D'avoir au fond de votre cœur
Une toute petite place,
Rien n'égalerait mon bonheur.

Si de votre bouche où respire
La rose au parfum séducteur,
Mes vers méritaient un sourire,
Rien n'égalerait mon bonheur.

Si vous vouliez me laisser prendre,
Sur votre visage enchanteur,
De tous les baisers le plus tendre,
Rien n'égalerait mon bonheur.

CANTATE.

PREMIER CHOEUR.

Des oiseaux le doux ramage
Ne charme plus le bocage;
On n'entend que le bruit
Du ruisseau qui s'enfuit.
Chantons : Voici la nuit !

PREMIER SOLO.

De la rose vermeille
Que caresse l'abeille,
Les parfums odorants
Viennent charmer mes sens.

Du berger la musette
Dans le lointain répète
Les gais et joyeux sons
De ses douces chansons.

DEUXIÈME CHOEUR.

Des oiseaux le doux ramage
Ne charme plus le bocage;
On n'entend que le bruit
Du ruisseau qui s'enfuit.
Chantons : Voici la nuit!
La nuit silencieuse;
La nuit mystérieuse!
On n'entend que le bruit
Du ruisseau qui s'enfuit.
Chantons : Voici la nuit!

DEUXIÈME SOLO.

O Reine des étoiles,
Astre majestueux,

Viens, dissipe les voiles

Qui nous cachent les Cieux.

Des nuits, blanche courrière,

Sur ton char argenté

Viens, répands sur la terre

Ta tremblante clarté.

TROISIÈME CHOEUR.

Amis, dans la campagne

Tout est sombre et sans bruit;

Là-bas, sur la montagne,

L'étoile du soir luit.

Chantons : Voici la nuit !

La nuit silencieuse;

La nuit mystérieuse !

L'étoile du soir luit.

Chantons : Voici la nuit !

TROISIÈME SOLO.

Arrêtons-nous dans ce riant bocage,

Et respirons l'haleine du printemps;

Du rossignol caché sous le feuillage,
Du rossignol écoutons les doux chants.
Arrêtons-nous dans ce lieu solitaire,
Attendons-y le gai réveil du jour;
Le ciel est pur, et la brise légère
De ses baisers rafraîchit ce séjour.

QUATRIÈME CHOEUR.

Amis, dans la campagne,
Tout, etc.

DISCOURS

SUR LES AVEUGLES.

Messieurs,

Permettez-moi de vous entretenir quelques instants
de la position déplorable des aveugles abandonnés à
eux-mêmes et privés de l'instruction, cette source féconde des consolations les plus touchantes. Laissez-
moi vous les montrer, ces pauvres parias de la nature, traînant avec désespoir les chaînes qui les
attachent à la vie, et remplissant de pleurs et leurs
nuits et leurs jours. Puis, prenant par la main l'un

de ces infortunés, esclave de l'ignorance, laissez-moi
le conduire dans les arides sentiers de l'étude, écar-
tant de ses pas les écueils qu'il pourrait rencontrer,
l'animant de notre courage, et l'aidant à triompher
des obstacles qui entraveraient sa marche. Il attein-
dra le but sans s'en apercevoir, et vous le verrez alors
verser des larmes de joie et adresser au Seigneur son
hymne de reconnaissance.

Je pourrais placer ici sous vos yeux le tableau des
misères humaines ; mais je craindrais trop de vous
attrister, et je préfère vous rendre heureux et vous
dire les miracles qu'ont opéré quelques-uns de ces gé-
nies bienfaisants que de temps à autres Dieu donne à
la terre pour être les étoiles du malheur. Je vais donc,
en peu de mots, rappeler à votre souvenir les bienfaits de ces hommes généreux qui, tenant d'une main
le flambeau de la Science et de l'autre celui de la
Charité, sont devenus l'orgueil de leur pays.

Le cœur de Vincent-de-Paul se brise à la vue de
ces pauvres enfants que ne doit jamais caresser l'amour
maternel ; et, grâce à ses efforts, des établissements
sont ouverts pour les recueillir, et des filles du Ciel,

connues sous le nom de Sœurs de la Charité, les élèvent avec soin. Louis XIV veut qu'une existence heureuse et paisible soit assurée à ceux des défenseurs
de la patrie dont les glaces de l'âge ont paralysé les
forces, ou que les combats ont rendus inhabiles au
travail; et, par son ordre, s'est élevé l'Hôtel des In-
valides, où sont aujourd'hui réunis plus de 5,000
braves, débris vivants de nos gloires militaires.

Le temps était venu, Messieurs, où dévaient s'ac-
complir ces étonnantes paroles de l'Évangile : « Les
sourds entendront; les muets parleront. » Quel sera
l'instrument de ce prodige? C'est un ministre des
Autels; c'est l'abbé de l'Épée. Mais l'Écriture-Sainte
avait dit également : « Les aveugles verront ! » Oui,
Seigneur, dans ta paternelle bonté, tu as dissipé les
ténèbres; et la plus grande de toutes les infortunes
a trouvé dans Haüy un généreux soutien ! Les pauvres déshérités de la vue sont, par lui, rendus à la Société qui jusqu'à ce jour les avait repoussés de son
sein, comme indignes d'y occuper la moindre place;
réhabilités aux yeux de leurs semblables, ils vont, par
des succès éclatants, combattre et dissiper les préjugés qui partout les escortent. Si nous songeons aux

immenses résultats obtenus qui font marcher, pour ne pas dire courir, infatigables et sans haltes, dans le courant social, ceux que la nature semblait en avoir exclus pour jamais; ne sommes-nous pas tentés de croire que les hommes généreux et dévoués auxquels ils sont dûs, inspirés d'un pouvoir divin, ont pu leur dire, en les arrachant à l'ignorance dans laquelle ils étaient ensevelis, ce que dit Jésus en ressuscitant Lazare : « Levez-vous, et suivez-moi. »

Vous le savez, Messieurs, l'œuvre d'Haüy fut longtemps en proie aux orages et aux tempêtes sociaux ; elle tombe, se relève, tombe encore, pour se relever de nouveau et acquérir ce degré de splendeur qu'elle a de nos jours, et qui lui permet de recevoir dans son sein 200 élèves des deux sexes, nombre bien insuffisant d'élus, si nous songeons que la France compte près de 40,000 aveugles. Eh! lorsque tant d'infortunés ressentent le besoin de s'instruire, et que de toutes parts leurs voix s'élèvent pour demander appui, quelques-unes de nos grandes et riches cités ne tendront-elles pas une main secourable à ceux de leurs enfants si cruellement traités par le sort? Cet honneur appartiendra-t-il à Paris seulement? Est-il interdit aux autres villes de faire du bien et de venir en aide aux aveugles? Non, Messieurs, les champs de la bienfaisance sont libres et sans bornes; chacun peut y semer, comme aussi chacun peut y faire la moisson. Le département de la Gironde renferme plus de 600 aveugles, dont plusieurs sont bien certainement susceptibles d'instruction. A notre belle et charitable cité de Bordeaux, si fertile en établissements de bienfaisance, n'appartient-il pas d'ouvrir dans son sein une école où ils se donneront rendez-vous? Oui, nous avons la consolante et ferme conviction que Bordeaux, qui sait s'imposer des sacrifices quand il s'agit de faire de nobles et utiles choses, ajoutera à ses nombreuses gloires celle de propager l'œuvre d'Haüy. Le zèle de ses autorités généreuses et véritablement éclairées, la bienfaisance active de ses habitants dont les cœurs savent s'ouvrir à l'infortune et la main donner avec transport quand il s'agit et d'essuyer des larmes et de calmer des douleurs, nous sont des gages certains de réussite.

Mais, direz-vous peut-être, une telle entreprise demande des sacrifices énormes? Détrompez-vous; suivant les conseils de personnes véritablement avides

d'être utiles et de faire le bien, afin d'avoir le plus
promptement possible les sommes qui seront les ba-
ses premières de l'Établissement d'Aveugles à Bordeaux, il serait à désirer que des listes de souscrip-
tions fussent ouvertes, non-seulement dans le département de la Gironde, mais dans ses limitrophes,
dont l'honneur et les intérêts sont aussi engagés dans
l'accomplissement de cette œuvre véritablement ad-
mirable et sérieusement utile.

A part ces premiers dons, les départements pourraient créer des bourses ; d'un autre côté, le Gouvernement ne restera pas en arrière et secondera les
vues de notre bon Cardinal, qui voudra bien sourire
aux vœux de vos cœurs et se déclarer le père de ce
nouvel enfant que désire et doit bientôt mettre au
jour votre féconde charité.

EPITRE.

A MADAME LA COMTESSE DUCHATEL

ET

A MONSIEUR DUFFOUR-DUBERGIER.

Vous, qu'une sage Providence
Donne pour étoile au malheur,
Qui des champs de la bienfaisance
Aimez à moissonner les fleurs;
Vous, en qui les nobles pensées
Trouvent un appui généreux,

Qui séchez les larmes versées
Et dont la main fait des heureux,
Daignez accorder un sourire
Et d'indulgence et de faveur,
A cet hommage de ma lyre,
Écho fidèle de mon cœur.

On dit que jamais la souffrance
Chez vous ne trouve froid accueil,
Que les parfums de l'espérance
Se respirent à votre seuil.

On dit encore, et je répète
Cette louange avec bonheur,
Que de la charité discrète
L'ange habite dans votre cœur.

Que vous êtes la bonté même,
Et que votre orgueil, ici-bas,
Est de vouloir que l'on vous aime
Partout où se portent vos pas.

Heureux celui qui voit sa vie
Dans le bien promener son cours,
Et dont le séraphin envie
Les rêves d'or et les beaux jours.

Puisque votre riche tendresse

Sur tous les maux verse le miel,

De venir à vous je m'empresse

Inspiré par la voix du Ciel,

Sept fois j'avais vu de ma vie

S'ouvrir et se faner les fleurs,

Quand la lumière fut ravie

A mes yeux, dès-lors pleins de pleurs.

Je ne vis plus sous les charmilles

Voltiger les petits oiseaux,

Ni les folâtres jeunes filles

Se jouer au sein des roseaux.

L'étoile n'eut plus le sourire

Flambeau du voyageur errant,

La rose, au souffle de Zéphire,

Ne s'inclina plus en pleurant.

Je devins sombre et solitaire;

De mon cœur s'en fut la gaîté;

Et sous les voiles du mystère

Tout s'offrit à ma cécité.

Mais le baume a suivi le glaive;

Plus de regrets, plus de douleurs !

Un nouveau jour pour moi se lève

Je ne dois plus verser de pleurs.

Un bon ange de bienfaisance,

Qui se trouve sur mon chemin,

Se sent touché de ma souffrance,

Et, prenant ma main dans sa main,

Il me conduit dans un asile

Où sous mes doigts s'accompliront

Ces paroles de l'Évangile:

« Un jour, les aveugles verront. »

Et j'ai vu mon intelligence

S'ouvrir des trésors précieux,

Et j'ai goûté de la science

Les fruits les plus délicieux.

Et j'ai vu s'enfuir ma tristesse

Aux doux accents de l'amitié,

Et pour moi j'ai vu la tendresse

Combattre et vaincre la pitié.

Oh! combien je trouvais de charmes

Dans vos suaves entretiens,

Amis qui partagiez mes larmes

Et dont les vœux étaient les miens.

Mais une pénible pensée
A ces souvenirs de bonheur,
D'une chère époque passée,
Vient, hélas! mêler la douleur.
Quand, dans notre pays de France,
Plus de vingt mille infortunés
Au char que guide l'ignorance
Gémissent encore enchaînés,
Il n'est pas d'écho qui réponde
Aux justes cris de leurs douleurs,
Il n'est pas de cœur dans le monde
Qui puisse comprendre leurs cœurs.
Souffrirons-nous donc que l'histoire
Raconte à la postérité
Qu'à Paris seul revient la gloire
De combattre la cécité.
Non, j'entends une voix qui crie:
Rendons à la paix, à l'amour,
A l'espérance, à la patrie,
Ceux que n'éclaire pas le jour.
Ouvrant nos cœurs à la souffrance,
Marchons sur les traces d'Haüy.

Que le don qu'il fit à la France
A Bordeaux soit fait aujourd'hui.
Suivant Paris dans la carrière,
Aux aveugles tendons la main,
Que des préjugés la barrière
Partout croule sur leur chemin.
Marchons en dépit des obstacles;
Les lauriers sont fils des combats;
La Charité fait des miracles,
Marchons, elle guide nos pas.

POUR LES PAUVRES.

Vous qui vivez dans l'opulence,
Vous qu'a favorisé le Ciel,
Sur ceux que brise la souffrance,
Répandez le baume et le miel.
De tous les biens que Dieu vous donne
Les pauvres ne sont pas jaloux;
Ils auront au Ciel la couronne;
Donnez, elle est aussi pour vous.
Sur le seuil de votre demeure,
Lorsque l'hiver se fait sentir,

Si quelquefois un pauvre pleure,
Ah! ne le laissez pas souffrir.
En lui de Dieu voyez l'image;
Riches, rendez son sort plus doux;
Donnez, il reprendra courage;
Donnez, il prira Dieu pour vous.
Aux malheureux que l'âge incline,
Ouvrez vos palais brillant d'or;
Pour la veuve, pour l'orpheline,
Dimez, dimez votre trésor.
Tout ce que sur la terre on donne,
Le bon Dieu dans le Ciel le rend.
Riches, souvent faites l'aumône,
Au Ciel la palme vous attend.

CHARITÉ RÉCOMPENSÉE.

A MONSIEUR DE LA ROUSSELIÈRE,

SOUS-PRÉFET A ROCHEFORT.

Les habitants de Cornouailles, en Bretagne, ont conservé le souvenir d'un vieillard, vannier et pêcheur de son état, descendu, depuis près d'un siècle, dans le tombeau.

Ivon était le nom du héros de cette histoire; Ivon, dis-je, naquit l'an 1672, de parents pauvres, mais estimés et honorés de toutes les personnes avec lesquelles ils étaient en rapport, comme le prouve le souvenir heureux qu'on a de leur mémoire.

4

Ivon, doué d'un grand courage et d'une forte
santé travaillait nuit et jour, soit à ses filets, soit à
ses paniers, pour fournir aux besoins de sa maison
et pour venir en aide aux pauvres qui souvent visi-
taient son seuil, et auxquels il donnait, bien des fois,
plus que de grands seigneurs.

Un jour, un homme dont la figure replète n'an-
nonçait pas la souffrance, mais dont les habits dé-
chirés n'indiquaient pas non plus la richesse, frap-
pait à la porte du charitable vannier, qui, en ce moment, chantait à gorge déployée une vieille légende
en l'honneur de son pays, et le priait de vouloir bien
lui donner une paire de mauvais souliers ; car les siens
étant troués, il ne pouvait que très-difficilement marcher sur les routes semées de cailloux qu'il avait à
parcourir pour arriver au terme de son voyage. Après
avoir écouté cette demande, Ivon sourit, et se tour-
nant vers sa femme, lui dit : Martha ! combien te
reste-t-il de la vente de nos paniers et de nos poissons ? Hélas ! répartit la pauvre femme, la valeur de
dix francs, je crois ; ce qui n'est pas beaucoup, puisque demain il nous en faut vingt-cinq pour payer tes
droits de pêche ! Morbleu, répartit le bonhomme, en

regardant avec bonté celui qui réclamait son secours ;
morbleu, l'argent n'abonde pas chez nous, mais quoi
qu'il en soit, vous ne vous en irez pas sans souliers.
En achevant ces mots, il se dirigea vers un petit meu-
ble, y prit une cassette, l'ouvrit, et en sortit les dix
francs qui faisaient toute sa fortune, les remit à son
hôte en lui disant : Je voudrais faire davantage pour
vous, mais mes moyens ne me le permettent pas. Gardez la moitié de cette somme, répartit le mendiant,
l'autre moitié me suffira. Non, non, gardez tout, répliqua le vieux pêcheur, qui chanta ce refrain :

« Le pauvre qu'on accueille avec joie,
« Porte bonheur à la maison. »

Ah ! dit le vieillard, interrompant tout-à-coup sa
chanson à peine commencée, ce bonheur devrait bien
être mon partage ; mais après tout, pourquoi me
plaindrais-je ? J'ai des filets, Dieu merci ; les poissons
n'ont pas encore tous quitté la rivière pour frire dans
la poêle ; mes paniers jouissent d'une assez bonne ré-
putation ; avec tout cela, je ne puis manquer d'être
riche un jour.

Pendant ce petit discours, les yeux de l'étranger

étaient restés fixés sur cet homme charitable qui s'était dépouillé de si bonne grâce de son dernier sou; il débouchait en son honneur un cruchon de cidre, et sortait de son garde-manger un magnifique fromage de chèvre et des fruits secs qu'il lui remit avec un énorme morceau de pain noir cuit de la veille.

Je vous remercie, dit l'étranger, en mettant dans un sac ses provisions; vous êtes un digne homme, et je fais des vœux ardents pour que les paroles de votre refrain soient accomplies en votre faveur, ce qui ne sera que juste. Après quoi il sortit, faisant un profond salut au bon pêcheur et à sa femme, tout joyeux d'avoir encore une fois pu soulager le malheur.

A peine une année s'était écoulée depuis que l'événement que nous venons de raconter avait eu lieu, qu'un soir un riche carrosse s'arrêtait devant la porte du vieux pêcheur. C'est bien ici que demeure le sieur Ivon, demanda un domestique richement vêtu. Oui, Monseigneur, répondit la vieille femme en faisant à l'étranger une profonde révérence qu'elle répéta plus d'une fois pendant sa réponse; oui, Monseigneur, c'est ici; oui, Monseigneur, c'est ici; mais vous tom-

bez bien mal : mon homme est absent pour deux mi-
nutes seulement ; et sa main décharnée présentait à
l'étranger une chaise que la vieillesse avait dépourvue
d'une partie de sa paille. Il est absent : on est venu
lui dire tout-à-l'heure que le gros Michel, un de ses
amis, va être renfermé pour n'avoir pas payé ses
droits de pêche, ce qui lui aurait été bien difficile ;
car on dirait que depuis quinze jours les poissons se
sont entendus pour ne pas se laisser prendre, et qu'ils
savent les endroits où doivent se trouver ses filets. Si
vous saviez combien ils sont méchants les ennemis de
notre pauvre Michel ! Ils ont tout vendu chez lui :
ses filets qui se sont donnés pour rien, ses outils, tout
jusqu'à sa couchette, ce qui n'est pas permis pourtant, à ce que dit le père Mathurin, notre maître
d'école et grand connaisseur en lois.

Et que peut faire votre mari pour ce malheureux
voisin ? demanda une voix qui sortit du carrosse.

Ce qu'il peut faire ? c'est tout simple : il peut payer
ce qu'il doit, le faire sortir de prison, et l'inviter à
partager notre pain jusqu'à ce qu'il fasse bon plaisir
à Dieu de lui en faire gagner. Le bruit d'une clé qui
s'introduisit avec difficulté dans une serrure rouillée

se fit entendre, et le vieux Ivon entra chez lui. Les misérables! s'écrie-t-il en frappant fortement du pied un vieux coffre en ruine; les loups dévorants! ils voulaient le perdre; mais moi je l'ai sauvé, grâces à Dieu.

Pendant que le bonhomme parlait, trois inconnus s'étaient glissés dans la chaumière; l'un d'eux s'approcha du pêcheur, et lui dit :

« Le pauvre qu'on accueille avec joie,
« Porte bonheur à la maison. »

A partir de ce jour, brave homme, vous toucherez quinze cents livres par an; cette petite fortune est la récompense de la générosité que vous avez montrée à un riche seigneur des environs, qu'une dure nécessité avait contraint d'implorer l'assistance publique. En achevant ces mots, les anges bienfaiteurs des vieux pêcheurs bretons sortent de la chaumière pour se dérober à tous les remercîments qui certes n'auraient pas manqué de les assaillir.

Revenus de leur surprise, les bons vieillards se jetèrent aux pieds d'un crucifix suspendu près de leur lit, et versèrent d'abondantes larmes de joie et de reconnaissance.

A UN AMI.

————

« Il est, parmi les jours que nous passons sur terre,
« Des jours de douce joie et de tristesse amère;
« Mais Clovis, tu le sais, comme le mien ton cœur
« A déjà bu souvent, bien qu'au seuil de la vie,
« La coupe des chagrins, même jusqu'à la lie,
« Et rarement goûté le charme du bonheur. »
Ainsi tu me parlais, ami, sous le vieux tremble
Où deux heures au moins nous restâmes ensemble.
L'air était frais et pur, il m'en souvient encor.
La courrière des nuits, au front des cieux assise,
Versait sur les vallons sa lueur indécise;
Les étoiles brillaient comme des lampes d'or;
Le rossignol, mêlant sa voix plaintive et douce

Au murmure des eaux dans leur bassin de mousse,
Réjouissait les bois, les vergers d'alentour;
Et, riche des parfums qu'à cent fleurs elle vole,
Dans le feuillage vert jouait la brise folle,
Et de ses frais baisers embaumait ce séjour.
Oh! que j'étais heureux, que j'aimais à t'entendre
Me parler d'êtres chers à ton cœur noble et tendre,
De Mathilde, trésor de grâces et d'amour.
Son âme sur ton âme avait un grand empire,
Dans chaque astre naissant tu voyais son sourire,
Tu souhaitais l'avoir pour ta compagne un jour.
Mathilde, elle, sans cesse, occupait ta pensée :
Dans chaque fleur des champs par Zéphir balancée,
De ses lèvres tes yeux admiraient la fraîcheur;
Dans la lune dont l'eau réfléchissait l'image,
Et qui de ses rayons argentait le nuage,
Tu voyais de ses traits le calme et la douceur.
Tu m'entretins aussi de deux amis sincères,
Qui de Mars, comme toi, suivent les lois sévères :
Olivier, Ferdinand, voilà leurs noms chéris;
La Bretagne, de l'un salua la naissance,
L'autre reçut le jour sous le ciel de Provence;

Tous les deux comme toi sont de gloire nourris.

Trois ans par vous passés dans la brillante école

Qu'enfanta le héros d'Austerlitz et d'Arcole,

Virent de vos trois cœurs l'union se former.

Déjà six fois depuis, le cadran des années

A vu vers leurs sommets ses aiguilles tourner,

Et jamais vous n'avez cessé de vous aimer.

Rien n'altéra jamais la noble sympathie

Par laquelle vos cœurs vivent la même vie,

Et qui donne à votre âme une image du Ciel.

Qu'elle vous soit toujours douce dans la souffrance,

Comme au pauvre captif son jour de délivrance,

Comme au petit enfant le blond rayon de miel.

Pour moi, je souhaitais une amitié si belle,

Quand ta voix, de ton cœur interprète fidèle,

Me dit que dans un court et premier entretien,

En moi tu reconnais une âme aimante et tendre,

Un cœur brûlant, avide, et facile à comprendre,

Miroir limpide et pur où se voyait le tien.

D'un ami qui n'est plus je vois en toi l'image,

Son cœur était ton cœur, il serait de ton âge,

Il m'aimait tendrement, tu m'aimes comme lui.

Il séchait de mes yeux chaque larme versée;
J'aimais de son amour, je pensais sa pensée;
Il était mon conseil, il était mon appui.
Pour la cinquième fois la féconde nature
De la main du printemps recevait sa parure,
Depuis le jour heureux qui vit nos cœurs s'unir;
Déjà, de l'âpre hiver le souffle qui dévore
Faisait place à Zéphir, dont l'aile fait éclore;
Tout par lui renaissait; seul, il devait mourir.
Oh! je le vois encor, dans son brûlant délire,
Sur ses lèvres pour moi rappeler un sourire.
J'entends encor sa voix étouffée à demi.
Après l'avoir couvert des baisers de ma bouche,
Un instant je quittai le chevet de sa couche.
Je revins..... ô Félix! je n'avais plus d'ami!
Mais je retrouve en toi comme un autre lui-même;
En frère je l'aimais, en frère aussi je t'aime.
Pour mon âme il n'est plus désormais de douleur;
Pour moi la vie encore a retrouvé des charmes;
J'aime, je suis aimé; pour mes yeux plus de larmes
Maintenant; pure joie, ivresse pour mon cœur.

MÉLODIE.

J'aime à voir tes paupières closes
S'ouvrir après un long sommeil,
Ainsi que des boutons de roses
Aux premiers rayons du soleil.
Dans mes rêves j'entends encore
Ta bouche murmurer des mots
Que, dans son ivresse, dévore
Mon cœur dont ils sont les échos.

Ton amour est ma vie,
Ton bonheur est le mien,

Enfant, au Ciel ravie,
Que mon sort soit le tien.

Parfois aussi sur mon visage
Je sens tes lèvres se poser,
Ainsi la fleur dans le bocage
Sent de Zéphyr le doux baiser.
Dans tes yeux que vers moi tu penches,
Voilés d'une larme d'amour,
Je crois voir l'azur des pervenches,
Humide des larmes du jour.

Ton amour est ma vie,
Ton bonheur est le mien.
Enfant, au Ciel ravie,
Que mon sort soit le tien.

PARIS.

—

A MONSIEUR DUFAU,

EX-DIRECTEUR DE L'INSTITUTION DES
JEUNES-AVEUGLES.

———

Paris, c'est un volcan, où sans cesse bouillonne
Le flot dévastateur des révolutions;
C'est un champ où le vice abondamment moissonne;
C'est un repaire affreux de sourdes factions.
C'est un gouffre sans fond où se plonge et s'abime
Une jeunesse avide et folle de plaisirs,
Qui s'étourdit, s'aveugle et s'abandonne au crime,
Sans étancher jamais la soif de ses désirs.

À peine elle a vidé la coupe enchanteresse,

Où s'unissent au miel des poisons dévorants,

Que son front tout-à-coup se charge de tristesse,

Que son visage est pâle et ses regards mourants.

Oh! que d'infortunés ont vu leurs espérances

Joncher en s'effeuillant le seuil de leurs tombeaux !

Que d'hommes abrutis dont les intelligences

Au vent des passions ont éteint leurs flambeaux.

Jeunes gens qui vivez heureux dans vos campagnes,

Et vous qui respirez l'air fécond des montagnes,

N'abandonnez jamais vos champs, vos monts chéris;

Si d'un amour impur vous redoutez les flammes,

Si vous êtes jaloux de la paix de vos âmes,

   A tout jamais fuyez Paris.

Bien loin de se montrer orgueilleux et superbe,

Le serpent se retire et se cache sous l'herbe,

Pour mieux tromper sa proie et pour la mieux saisir.

A Paris, sous les traits de l'aimable innocence,
On séduit l'âge mûr comme la tendre enfance,
    Avec l'amorce du plaisir.

A Paris, la beauté se voit toujours flétrie,
Les vices ont leur sceau sur des fronts de quinze ans,
La rose est sans parfum avant d'être fleurie,
Mères, loin de Paris, gardez bien vos enfants.

PRIÈRE DE LA FRANCE,

Extrait du *Poème de la France et des deux Napoléon,*

Oh! toi, Père Éternel, qui du trône des Cieux
Sur l'homme gémissant daignes jeter les yeux,
Toi, que celui qui souffre en vain jamais n'implore,
Dieu, tout-puissant et bon que l'Univers adore,
Prends en pitié les pleurs de mes yeux languissants,
De ma mourante voix écoute les accents.
Si tu plaignis jamais la douleur maternelle,
Oh! soulage le sort d'une pauvre mortelle,

Belle et fière jadis en ses jours triomphants,

Et que meurtrit, hélas ! la main de ses enfants.

Ils ont chargé mes bras des fers de l'esclavage,

Ils déchirent mon sein dans leur aveugle rage,

Ils couvrent de leurs cris, le cri de mes douleurs,

Et par des ris amers répondent à mes pleurs.

Sur ces fils, mes bourreaux, j'appelle ta clémence !

Fais éclore, Seigneur, mon jour de délivrance.

Après l'horrible nuit, sur moi, dans ta bonté,

Fais luire l'astre pur de la prospérité.

Tu me verras toujours marcher à ta lumière !

Elle dit : Jéhovah sourit à sa prière,

Et les Saints, prosternés aux pieds de l'Éternel,

Attendaient humblement le décret solennel.

Après quelques instants d'un sublime silence :

Éclatant Séraphin, protecteur de la France,

Va, dit le Roi des rois, prends le glaive vengeur

Que pour les fils ingrats a forgé ma fureur.

Va, punis les bourreaux de la fille que j'aime.

L'immortel, à ces mots, devant l'Être suprême,

Incline avec respect son front majestueux.

Le fer brille en ses mains, l'éclair est dans ses yeux.
Il s'élance soudain du haut de l'Empirée,
Et, fendant d'un vol prompt la campagne éthérée
Où roulent mille corps d'harmonie et d'amour,
Il arrive bientôt au terrestre séjour.

L'ANGE DE LA FRANCE

A NAPOLÉON III.

Le sort des nations pèse dans la balance.
L'Éternel t'a choisi, tu dois sauver la France ;
Fils de la liberté, prends ce glaive vengeur
Qu'en un jour de justice a forgé sa fureur.
Souvent frappe, punis, mais plus souvent pardonne.
Qui pardonne ici-bas au Ciel a la couronne.
Il dit, et disparait ainsi qu'une vapeur,
Laissant en traits de feux ses ordres dans ton cœur.

Oh ! mortel, dont le nom partout répand l'ivresse,

Grande est ta mission, plus grande est ta tendresse ?

La France est dans les fers et tu dois la venger.

Dieu dirige ton bras : pour toi point de danger.

En vain autour de toi s'amoncèle l'orage,

Rien ne peut arrêter ton sublime courage ;

Tu voles, et bientôt sous ta main tout fléchit,

Par toi, de ses liens la France s'affranchit.

Une nouvelle vie en elle prend naissance,

Et son cœur maternel s'enivre d'espérance ;

Elle pressent déjà sa future grandeur.

L'Aigle de nos drapeaux relève la splendeur ;

Et la Religion, arbre saint de la vie,

Comme la tendre fleur que l'Hiver a flétrie

Renaît au doux Printemps sous la main de Zéphir,

Enfin, en liberté, sous toi va refleurir.

A ces signes pieux que donne ta sagesse,

L'Église a répondu par un cri d'allégresse ;

Son cri trouve un écho dans le cœur des Français,

Tous bénissent ton nom, tous disent tes bienfaits.

De l'astre des héros on voit en toi l'image.

Désirant un appui contre un nouvel orage,
La France avec bonheur sur toi fixe son choix,
Et ton grand nom jaillit de huit millions de voix.
Pilote reconnu par ce brillant suffrage,
Du vaisseau que ta main a sauvé du naufrage,
Tu prends le gouvernail, et les flots étonnés
Reculent en grondant l'un par l'autre entraînés.
C'est alors que ton cœur, noble espoir de la France,
Du Ciel avec respect admirant la puissance,
Voulut, aux yeux de tous, offrir à l'Éternel
De ton beau dévoûment l'hommage solennel.
Pour un nouvel élu, l'on vit la Cathédrale
Rappeler des grands jours la pompe impériale ;
Mille drapeaux, livrés à l'haleine des vents,
Sur les antiques tours flottaient à plis mouvants.
Un glaive d'une main, de l'autre une couronne,
Là t'attendait la France assise sur son trône.
Sitôt que tu parais sous le dôme éclatant
De ton nom glorieux soudain retentissant,
Elle marche vers toi rayonnante de gloire :
Moins belle on la voyait en ses jours de victoire

Où l'Univers tremblait au nom de son héros.

Avec un doux sourire elle te dit ces mots :

« O toi! qui m'as rendu ma liberté ravie,

« Qui des bords du cercueil as rappelé ma vie,

« Toi qui, si jeune encore, as vécu de douleur,

« Et qui viens aujourd'hui m'apporter le bonheur;

« Des vainqueurs sur ton front en posant la couronne,

« Élu de Jéhovah! souffre que je te donne,

« Pour prix de tous les biens dont me comble ton cœur,

« Avec le nom de fils, celui de mon Sauveur !

« Proscrit, dès le berceau, du lieu de ta naissance,

« Ta vie, hélas! n'était qu'une longue souffrance;

« Pour moi, mourant d'amour sur le sol étranger,

« Tu me redemandais à l'oiseau passager.

« Mais pourquoi du passé réveiller les alarmes,

« Quand l'avenir pour toi brille de tant de charmes?

« Pourquoi te rappeler les jours de ta douleur?

« C'est que leur souvenir déchire encor mon cœur.

« Non, non, tu m'es rendu, pour moi plus de souffrance;

« Ta main de mes tyrans a puni la démence.

« Respectée à jamais des peuples et des rois,

« O mon fils ! je vivrai sous tes aimables lois.

« De quels beaux feux, pour moi, l'horizon se colore ;

« Quel heureux avenir à mes yeux brille encore ;

« Qu'à de nouveaux combats s'élancent mes enfants !

« Je les vois revenir heureux et triomphants ;

« Leurs fronts sont ombragés de palmes immortelles,

« J'entends les cris vainqueurs de leurs Aigles fideles ;

« L'Europe est à mes pieds une seconde fois,

« Sa tête s'est courbée, impuissante à ta voix ;

« Oui, tu deviens ma gloire après mon espérance. »

A son libérateur ainsi parlait la France,

Et les Anges aux Cieux, d'un accent solennel,

Chantaient : Gloire à celui qu'a choisi l'Éternel !

SOUVENIR DE MA MÈRE

AU SON DE L'*Angélus*.

————————

Seule, peut-être, en son humble demeure,
Ou prosternée à l'ombre du saint lieu,
Ma mère, hélas! chaque soir, à cette heure,
Verse pour moi des larmes devant Dieu.

L'ANGE GARDIEN.

A MONSIEUR GAUTIER, MAIRE DE BORDEAUX.

Pour moi, des Cieux, pourquoi, bon ange,
As-tu délaissé le séjour
Et l'allégresse sans mélange ?
Pour moi d'où te vient tant d'amour ?
Pourquoi sans cesse, ange fidèle,
Viens-tu m'abriter de ton aile,
Quand sur moi plane le danger ?
Pourquoi ta bonté secourable,
Pourquoi ton glaive redoutable
Sont-ils là pour me protéger ?

5

C'est que le Ciel, dès ma naissance,
En tes mains a remis mon sort,
Et que, sur cette mer immense,
Sans toi, je trouverais la mort.
Oh! sois mon pilote fidèle!
De ma frêle et pauvre nacelle
Sois toujours le ferme soutien!
Dans la richesse et l'indigence,
Dans le bonheur et la souffrance,
Sois toujours mon ange gardien!

Lorsque sur ma chétive couche,
Le soir, je sommeille à demi,
Ton immortelle main me touche;
Et je t'entends, céleste ami,
Pour moi, dans une humble prière,
Demander au Dieu de ma mère
L'amour, l'espérance et la foi!
Alors, doucement je t'appelle;
Et, me caressant de ton aile,
Tu me dis : « Je veille sur toi.

« Dors : de la mère qui te pleure,

« Du pur objet de ton amour,

« Je vais visiter la demeure;

« Dors jusqu'au réveil du jour.

« Quand vient le soir, quand naît l'aurore,

« Enfant, pour toi sa voix implore

« Celui qui règne dans les Cieux;

« Souvent, du fond du Sanctuaire,

« Pour toi son ardente prière

« Monte avec l'encens des saints lieux. »

Il dit, et de ma bonne mère

Bientôt il rassure le cœur;

Ainsi qu'un baume salutaire,

Sa parole endort la douleur;

De ses yeux il sèche les larmes;

Loin d'elle il bannit les alarmes;

Il lui rappelle qu'une main

Veille pour garantir ma tête

Des coups de la noire tempête,

Mes pas des ronces du chemin.

Quand la nuit, repliant ses voiles,
Fait place au matin du jour pur ;
Quand ses scintillantes étoiles
Se perdent dans les champs d'azur ;
Lorsque s'éveille l'hirondelle,
Avec douceur sa voix m'appelle ;
J'ouvre l'oreille à ses accents ;
Mon cœur alors vers Dieu s'élance,
Et du nouveau jour qui commence
A lui sont les premiers instants.

A genoux, je rends mon hommage
Au libérateur des humains,
Les bras tendus vers son image,
De mes baisers couvrant ses mains ;
Pour ceux que j'aime sur la terre
Je fais une ardente prière.
Alors, ange au front radieux,
Traversant la plaine éthérée,
Tu vas au haut de l'Empirée
A l'Eternel porter mes vœux.

Ami, qui veilles sur ma vie,
Ange que Dieu fit mon soutien;
En ta bonté je me confie :
Auprès de toi je ne crains rien.
Du pain sacré des paraboles,
Et du feu des saintes paroles,
Oh! ranime et nourris ma foi!
Si, de ta paix troublant les charmes,
Je t'ai déjà coûté des larmes,
Mon bon ange, pardonne-moi.

Quand la mort, de sa main de glace,
Brisera le fil de mes jours,
A tes côtés je prendrai place
Au foyer des saintes amours.
A l'ombre de tes blanches ailes,
Dans les demeures éternelles,
Heureux enfant, j'irai m'asseoir;
Là, le front ceint de la couronne
Qu'à ses élus le Seigneur donne,
Père, un jour je pourrai te voir.

LE MATIN.

A MA MÈRE.

J'aime à voir la naissante aurore
Se mirer dans les flots d'azur;
Des fleurs que Phébus fait éclore,
J'aime le parfum doux et pur.
Du ruisseau roulant sous l'ombrage
Me plaît le bruit harmonieux;
Et de Zéphyr, dans le feuillage,
J'aime les soupirs amoureux.

J'aime le chant de l'alouette;

J'aime à voir, sur un vert rameau,

Se jouer la tendre fauvette,

Se balancer le passereau.

J'aime la rose que colore

Le premier rayon d'un beau jour.

Mais je t'aime bien plus encore,

Bonne mère! à toi mon amour.

LE SOIR.

A MON PÈRE.

Le roi du jour, derrière les montagnes,
Descend bercé dans un nuage d'or;
Comme à regret il quitte nos campagnes,
Et de sa couche il leur sourit encor.
Le passereau, la tête sous son aile,
Dort, balancé par la brise du soir;
Près du ramier, la colombe fidèle,
Ivre d'amour, fait des rêves d'espoir.

Du doux printemps l'aimable messagère
Voltige encore aux créneaux de la tour;
Amant des nuits, le hibou solitaire
Sort en criant de son obscur séjour.
Au loin j'entends une voix presque humaine,
De nos soupirs écho mystérieux,
Qui sous les bois lentement se promène,
Et va porter nos prières aux Cieux.
Ces pieux chants, dont la douce harmonie
Élève l'âme en de nouveaux séjours,
Ne sont-ils pas les chants d'un bon génie
Créé par Dieu pour veiller sur nos jours?
Non; c'est la voix de l'airain du village,
Disant du soir le modeste *Angelus;*
Mon cœur s'unit à son touchant hommage
Redit sans fin par le chœur des élus.

LE PAPILLON.

A MONSIEUR GUADET,

DIRECTEUR DE L'ENSEIGNEMENT A L'INSTITUTION
IMPÉRIALE DES JEUNES-AVEUGLES.

Gracieux papillon, qui toujours te reposes
Sur le sein embaumé des œillets et des roses,
Je me plais à te voir, quand souffle le zéphyr,
Déployer au soleil tes ailes de saphir.
Je t'aime quand, des eaux effleurant la surface,
Tu sembles te mirer, comme dans une glace,
Dans leur cristal si pur où vient mourir le jour.
Mais, insecte charmant, je t'aime plus encore
Si, dans un lis baigné des larmes de l'aurore,
Je te vois t'enivrer de parfum et d'amour.

L'ORPHELIN.

A MONSIEUR THIAC,

NOTAIRE A PARIS ET SECRÉTAIRE DU CONSEIL GÉNÉRAL DE LA CHARENTE.

O Dieu de l'univers, mon unique espérance,
Toi qui, de l'orphelin peux calmer la souffrance,
    Exauce mes vœux en ce jour !
Donne-moi dans ton sein, Seigneur, une patrie,
Et rends-moi les baisers de la mère chérie
    Qui m'aimait avec tant d'amour.

Déchirants souvenirs!.... un soir grondait l'orage ;
. De livides éclairs sillonnaient le nuage ;
    Dans le vallon soufflait le vent.
Le pâtre, plein d'effroi, regagnait sa chaumière ;
Et, conviant les cœurs à la sainte prière,
    Sonnait la cloche du couvent.

Tandis que de baisers je couvrais l'humble image
De Celui dont la voix sait enchaîner l'orage,
    Du sommeil me toucha la main.
Avec le jour naissant quand s'ouvrit ma paupière,
Les cris de ma douleur emplirent la chaumière,
    Car, hélas ! j'étais orphelin.

UNE IDÉE DE DIEU.

A MONSIEUR THIAC.

Dieu, c'est un astre sans aurore
Dont les rayons sont des éclairs;
C'est un feu puissant qui dévore
Tout ce qu'enferme l'univers.

Les mers sentent, à sa parole,
Se calmer leurs flots en courroux;
Il parle, la tempête vole;
C'est un Dieu bon, juste et jaloux.

Il est le sublime génie
Qui dit aux mondes suspendus,
D'unir leur suave harmonie
Aux chœurs célestes des élus.

La fleur, amante du bocage,
Lui doit ses parfums odorants;
La colombe son blanc plumage;
Et Philomèle ses doux chants.

C'est par lui que la blonde aurore
Verse des fleurs sur le gazon,
Et que l'astre qui fait éclore
S'endort le soir à l'horizon.

Il dit de gronder à l'orage;
Il donne leur parure aux bois;
Il donne à l'oiseau son langage,
Aux ruisseaux il donne une voix

La brise qui le soir soupire
Dans les vallons silencieux,
L'étoile qui semble sourire
Dans le limpide azur des cieux,

L'aigle planant sur les montagnes,
Le brin d'herbe qui vit un jour,
Les riches moissons des campagnes,
Ne seraient pas sans son amour.

Du cœur bienfaisant qui, sur terre,
S'ouvre propice aux malheureux
Et de l'infortune est le père,
Toujours il exauce les vœux.

A MADAME DE PÉTERSEN.

Veillez, veillez, ange gardien,
Sur ma bien chétive nacelle!
Puisque Dieu vous fait mon soutien,
Toujours couvrez-moi de votre aîle.

Oui, désormais, aux vents du sort
Gaîment j'abandonne ma voile
Si votre cœur devient mon port,
Et votre bonté mon étoile.

Que les flots s'agitent sous moi,
Ou que le ciel s'enflamme et tonne;
Mon âme reste sans émoi,
Leur fureur n'a rien qui m'étonne.

Vainement contre le récif,
Me jette la vague écumante;
Inébranlable est mon esquif,
Au sein de la mer en tourmente.

Veillez, veillez, ange gardien,
Sur ma bien chétive nacelle?
Puisque Dieu vous fait mon soutien,
Toujours couvrez-moi de votre aîle.

De ses plus amères douleurs,
L'injuste fortune m'abreuve.
Mais votre main sèche les pleurs;
Ils finiront mes jours d'épreuve.

Comme aux rayons d'un soleil d'or
Et sous les baisers de Zéphire,
La fleur mourante s'ouvre encor;
Pour donner parfums et sourire.

Pleine de foi dans votre cœur,
Mon âme, oubliant sa souffrance,
Se désaltère avec bonheur
A la coupe de l'espérance.

Veillez, veillez ange gardien
Sur ma bien chétive nacelle!
Puisque Dieu vous fait mon soutien,
Toujours couvrez-moi de votre aîle.

———

QUATRAINS.

A MADEMOISELLE ROSE FABRES.

Puisse, dans sa bonté, le Ciel
Sur tous les jours de votre vie
Verser et le baume et le miel :
C'est tout ce que mon cœur envie.

De l'aimable reine des fleurs
Le nom est celui qu'on vous donne ;
Vous avez ses fraîches couleurs,
Et comme elle vous êtes bonne.

Puisse une affection bien tendre,

En vous graver mon souvenir,

Toujours je saurai vous la rendre,

En être heureux, et la bénir.

RÉVEIL D'UN BEAU JOUR.

A M. ÉMILE BARATEAU,

ANCIEN CHEF DE CABINET AU MINISTÈRE DE L'INTÉRIEUR.

L'aurore, en s'éveillant, parsème de ses roses
Les monts dont les sommets semblent toucher les cieux;
Zéphyr donne un baiser aux fleurs à peine écloses;
Écoutez du hameau l'airain mystérieux.

Sur les saules en pleurs, la colombe fidèle
Mêle au bruit du ruisseau son doux gémissement;
Aux arches de la tour voltige l'hirondelle;
On entend des grands bois le sourd frémissement.

L'astre-roi qui des jours mesure la carrière,
Se lèvera bientôt à l'horizon vermeil;
Déjà s'ouvre à demi son ardente paupière;
Les oiseaux, par leurs chants, annoncent son réveil.

La fleur qui lui sourit, à la brise rêveuse
Abandonne en s'ouvrant les parfums de son miel;
Riche de ce trésor, la folle aventureuse
S'enfuit en balayant le tendre azur du ciel.

RETOUR DU MONTAGNARD,

Imité de l'Anglais.

Plus de cités, plus de campagnes,
Retournons, volons aux montagnes
Où le daim sauvage bondit,
Où le clair ruisseau retentit;
Retournons aux forêts, aux clairières profondes,
Où notre enfance a vu s'écouler ses beaux jours.
Après vos haleines fécondes,
Hélas ! nous soupirons, montagnes nos amours.

Maisonnette de la colline,

Toi que baigne une onde argentine,

J'ai bien longtemps pleuré sur toi :

L'espoir enfin mourut en moi.

L'exil est bien amer où vaines sont les larmes ;

Oh ! maintenant je viens, montagnes mon trésor,

Je viens m'enivrer de vos charmes ;

Qu'il est doux à mes yeux de vous revoir encor !

Forêts aux immenses ombrages,

Rochers muets, grottes sauvages,

Montagnes aux fronts menaçants,

Échos, répétez mes accents !

J'ai frappé mes bourreaux des débris de mes chaînes ;

De mon cachot affreux les murs se sont ouverts ;

Je fuis les cités et les plaines ;

Bienvenus la montagne et les libres déserts !

LA CLOCHE.

A SA GRANDEUR M^r L'ARCHEVÊQUE DE PARIS.

Il est, dans le charmant village
Où ma mère me mit au jour,
Une cloche qu'en mon jeune âge
J'écoutais frémir dans sa tour.

C'est celle dont la voix sonore,
Par de graves et pieux sons,
Annonce la nuit et l'aurore
Aux bons habitants des vallons.

C'est la voix qui tous les convie
Au sacrifice solennel
Où l'agneau qui donne la vie
S'offre pour eux sur un autel.

C'est le soupir d'une âme pure
Priant le soir dans le saint lieu;
C'est la plainte de la nature
Qui s'élève jusques à Dieu.

C'est la voix qui chante et qui pleure
Quand naît ou quand meurt un enfant;
C'est la cloche dont la demeure
Porte au ciel son coq triomphant.

Joli clocher de mon village,
De loin te voit le voyageur;
Ta croix, du salut humble gage,
Éveille la foi dans son cœur.

Sous la flèche qui te décore
Et qui brave l'effort du temps,
Quand s'éveille la blonde aurore,
Le vœu s'élève avec l'encens.

Le soir, la timide hirondelle
Qui vient dormir dans le saint lieu
S'unit à ton airain fidèle,
Et rend ses hommages à Dieu.

Il chasse, dit-on, les orages
Qui parfois grondent dans les airs,
Et dissipe les noirs nuages
D'où sortent de blafards éclairs.

Il chante le doux hyménée
Dans ses religieux concerts;
Sa voix, par le vent entraînée,
Se répand au loin dans les airs.

Il est l'écho de la prière
Des cœurs nobles et généreux,
Qui sont, comme vous, sur la terre
Pour soulager les malheureux.

SOUVENIRS.

A MONSIEUR THIAC.

Jadis, j'aimais ce doux ombrage
Où l'oiseau mêlait son ramage
Au murmure charmant des eaux;
J'aimais ses immenses prairies,
Quand les marguerites fleuries
Les émaillaient de leurs réseaux.

Aux créneaux des vieilles tourelles,
J'aimais à voir les hirondelles

Suspendre leurs nids au printemps.
J'aimais lorsque dans les ogives
Hurlaient, avec des voix plaintives,
Les aquilons fils des autans ;

J'aimais à voir la jeune abeille
Ravir à la rose vermeille
Les tendres parfums de son miel;
Lorsque la nuit tendait ses voiles,
J'aimais à compter les étoiles
Qui s'épanouissaient au ciel.

J'aimais quand la lune rêveuse
Jetait sa lumière douteuse
Sur nos vallons silencieux;
J'aimais quand, fendant le nuage,
L'éclair précurseur de l'orage
Sillonnait la plaine des cieux.

J'aimais, quand se levait l'aurore,
A voir les pervenches éclore
Sous les baisers d'un zéphyr pur;
J'aimais sur la feuille posée
A voir la goutte de rosée
Où des cieux se mirait l'azur.

Sous les ondoyantes charmilles,
J'aimais à voir les jeunes filles
Se former en cercles joyeux.
J'aimais sur les trembles humides
A voir les colombes timides
Lisser leur plumage soyeux.

Quand du hameau la voix pieuse
Disait l'hymne mystérieuse,
Ivresse du divin séjour,
Des pleurs inondaient ma paupière;
Mon cœur n'était qu'une prière
De foi, d'espérance et d'amour.

J'aimais lorsque le grand dimanche
J'allais, en longue robe blanche,
Jeter des roses devant Dieu ;
J'aimais, touchante et recueillie,
Comme à la source de la vie,
La foule accourant au saint lieu.

J'aimais lorsque quittant ma couche,
J'allais recueillir sur la bouche
De la mère chère à mon cœur
Un aimable et tendre sourire,
Où mon œil ravi pouvait lire
Amour, félicité, bonheur.

SOUVENIRS D'ORLÉANS.

A MONSIEUR RICHON, NOTAIRE A AGEN.

Payer ce que l'on doit c'est faire sa fortune,
Dit un proverbe antique et partout respecté,
Hormis des braves gens pour qui la loi commune
Est de garder pour eux ce qu'on leur a prêté;
Comme j'ai le désir de rester honnête homme,
Je vous viens par la poste adresser en ce jour,
Sur un mandat en vers, une petite somme
Et de reconnaissance et de sincère amour.

Neuf mois déjà passés depuis l'heure si chère
Où le Seigneur permit qu'à mon triste abandon,
Vos soins affectueux et ceux de votre mère,
Ami, fussent donnés; je vous aime, pardon!
Tobie à Raphaël, offrait son héritage;
Moi, je ne puis donner qu'une place en mon cœur,
Aux anges qui, pour moi, firent d'un long voyage.
De courts et doux instants d'indicible bonheur :
Si cet hommage peut mériter un sourire
De vous et de la mère objet de votre amour,
Au Ciel s'élèvera, sur l'aile du zéphyre,
Une prière ardente à chaque aube du jour;
Oui, lorsque le sommeil désertera ma couche,
Cher ange conducteur, je veux m'entretenir
Avec les bons conseils donnés par votre bouche,
Et les charmes heureux de votre souvenir.

RÉPONSE DE M. RICHON.

Merci cent fois, ami, de votre aimable épître,
Dont vous avez su faire un véritable titre,
Et qui me tiendra lieu du poudreux parchemin
Que je n'ai point reçu, pour ma part, du Destin.
Votre ange Raphaël! quel beau titre de gloire
Inscrit de votre main au Temple de Mémoire!
Je ne méritais point un tel excès d'honneur,
Et votre souvenir est pour moi trop flatteur.

Que parlez-vous de dette et de reconnaissance,
Pour quelques soins donnés dans une circonstance
Où l'on fut trop heureux, ami, n'en doutez pas,
D'avoir quelques instants pu diriger vos pas.
Pour ma mère, pour moi, cet aimable voyage
Des meilleurs souvenirs est une chère page.
D'Orléans à Bordeaux qu'il fut court le trajet!
Nos entretiens souvent roulent sur ce sujet.

Et maintenant, merci de la bonne prière
Qu'au Seigneur vous offrez pour le fils et la mère.
S'il exauçait aussi nos vœux les plus ardents
Il comblerait de dons vous et vos bons parents.

L'ABEILLE ET LA GUÊPE.

A MADAME RICHON.

Un soir, sur un beau lis en fleurs
Une jeune abeille posée
Aspirait la tendre rosée
Que distille l'amour en pleurs.
Près d'elle, une guêpe jalouse
Vint s'abattre sur un souci.
Du frelon la guêpe est l'épouse :
. Guêpe et frelon sont sans merci.
Lis parfumé, disait l'abeille,
Que je suis fière près de toi!
Le lendemain comme la veille

Ne t'ouvre jamais que pour moi.

Le miel que dans ton sein je cueille

Est d'une suave douceur;

Et dans ta plus petite feuille

Je trouve un immense bonheur.

La guêpe qui l'entend frissonne,

Et la menace du regard.

Et puis tout bas elle bourdonne,

En se retirant à l'écart:

Abeille, ta fleur est jolie,

Mais elle ne dure qu'un jour;

La mienne à moi vit longue vie;

A moi la haine, à toi l'amour!

A toi la fleur qu'un souffle efface,

Et qui n'existe qu'un matin;

A moi la fleur forte et vivace

Pour qui le siècle est lendemain.

Tu paîras cher ta noble ivresse

Abeille, j'en fais le serment;

La fleur objet de ta tendresse

S'effeuillera dans un moment;

Car j'ai le poison qui consume

Et qui détruit en caressant.

De ton lis le bucher s'allume

La flamme monte en frémissant.

Oh ! comme cette flamme est belle !

Je m'enivre de sa chaleur.

Quelle rage toute nouvelle

Je sens s'éveiller dans mon cœur.

Mais non ! j'ai des moyens encore

De me venger sans faire bruit ;

Il faut que partout on ignore ;

Je travaillerai dans la nuit.

Car j'ai le poison qui consume,

Et qui caressant fait souffrir ;

Et chez nous, guêpes, la coutume

Est le baiser qui fait mourir.

Il faut que cette fleur idole

D'elle-même, tombe sur soi.

A ces mots la guêpe s'envole

Dans sa malice quelle foi !

Autour du lis elle voltige

Et, pateline, s'approchant :

Il est vraiment beau sur sa tige

Aux rayons du soleil couchant,

Dit-elle avec un fin sourire;

Oh! que n'est-il dans mon jardin!

Plus je le vois plus je l'admire;

Tout en lui respire l'Eden.

Mon Dieu! la sombre jalousie

Me rend cruelle; mais non! non!

Pour moi vengeance est ambroisie.

Vengeance! au lâche le pardon.

Et la guêpe, active ouvrière,

A l'œuvre se met en riant.

Vengeance est sourde à sa prière,

Dieu protège le lis brillant.

De lui-même le dard se brise,

La fleur et l'abeille vivront,

Et les doux baisers de la brise

Sans cesse les caresseront.

Cette guêpe est ici l'image,

De l'envieux au cœur jaloux.

Justes, restez pleins de courage.

Le Tout-Puissant veille sur vous.

POUR UNE FÊTE.

———

PRIÈRE.

Dieu de justice et de bonté,
Sur eux de ta prospérité
Répand les trésors et les charmes.
Sous tes regards veillant toujours,
Qu'ici-bas leurs nuits et leurs jours
S'écoulent ignorés des larmes.

COUPLETS.

Louis, c'est le roi de la terre,
Le chêne aux immenses rameaux,
Qui de son ombre tutélaire

Coûvre les jeunes arbrisseaux.

Louise, c'est la jeune fille

Gracieuse reine des fleurs,

Rose qui respire et qui brille

Par ses parfums et ses couleurs.

Le chêne est un abri fidèle,

Où nous trouvons la paix du cœur.

Près de la rose fraîche et belle,

Notre âme goûte un pur bonheur.

Dieu de justice et de bonté, etc.

VOEU.

Nous trouvant de conviction

Presque cousins, j'ose le dire,

Qu'une sincère affection

Nous rapproche, je le désire.

Quand vous pourrez venez me voir;

Au cent-trente-trois je demeure.

Enfermé du matin au soir,

Vous me trouverez à toute heure.

A MONSIEUR DUMORISSON,

SECRÉTAIRE—GÉNÉRAL DE LA PRÉFECTURE
DE LA CHARENTE-INFÉRIEURE.

Il est un sentiment qu'en traits brûlants de flamme
La nature a gravé dans le fond de notre âme :
C'est celui qui nous dit d'être reconnaissants
Envers ceux qui pour nous se montrent bienfaisants.

J'étais bien jeune encor lorsque de la lumière
La main de l'Éternel me priva pour jamais :
Comme un rêve enchanteur, comme une ombre légère
Bientôt s'évanouit ce qu'ici-bas j'aimais.

Dès-lors, je ne vis plus de la naissante aurore
Au souffle du zéphir se distiller les pleurs;
Ni la crête des monts que le matin sonore,
Ainsi que d'un manteau, revêt de ses vapeurs.

Je ne vis plus l'éclair s'échapper de la nue,
Et sillonner les airs de rougeâtres lueurs;
Je ne vis plus au ciel l'étoile suspendue,
Comme un phare éclairer les pas des voyageurs.

Dès-lors, je ne vis plus les tendres hirondelles
Former leurs bataillons au souffle des hivers;
Je ne vis plus les bois, quand de feuilles nouvelles,
Par la main du printemps, leurs rameaux sont couverts.

Le soir, je ne vis plus, resplendissant de gloire,
Le soleil se coucher dans un nuage d'or;
Je ne vis plus la nuit, lorsque sa mante noire
Couvre, ainsi qu'un linceul, le monde qui s'endort.

Gloire à celui qui donne, en son amour immense,
Aux peuples qu'il chérit des hommes vertueux
Qui mettent leur bonheur à calmer la souffrance,
Et consacrent leur vie à faire des heureux !

Un soir, il m'en souvient, près de ma bonne mère
Je reposais, assis devant l'âtre enflammé,
Quand survint tout-à-coup, accompagnant mon père,
Un homme bienfaisant, des malheureux aimé.

En lui je reconnus une autre Providence,
Qui venait, par ses soins, adoucir ma douleur ;
Il fit luire en mon âme un rayon d'espérance,
Et dissipa l'ennui qui flétrissait mon cœur.

« Mon enfant, me dit-il d'une voix grave et tendre,
« Il est temps de songer à former ton esprit ;
« Paris t'offre une école où tu pourras apprendre
« Tout ce qui fait le cœur, le charme et lui sourit.

« Là, tu verras, ami, ta jeune intelligence
« S'enrichir des trésors qui font le vrai bonheur;
« Ton cœur sera nourri du pain de la science....,. »
Tu ne m'oublias pas, ô noble bienfaiteur !

Bientôt, je vis pour moi s'ouvrir un nouvel âge;
Ton touchant souvenir, en de lointains climats,
Inspira mes efforts et soutint mon courage
Au milieu des écueils que rencontraient mes pas.

Il est bien malheureux celui qui, jeune encore,
Est contraint de quitter le foyer paternel
Pour s'en aller bien loin des parents qu'il adore;
Que ses ans sont amers! que son sort est cruel!

Du jour de mon départ bientôt brilla l'aurore;
A tous ceux que j'aimais je fis un tendre adieu;
Et, comme ces enfants dont la voix nous implore,
Je quittai mon pays, me confiant à Dieu.

Sa main n'abandonna jamais dans la souffrance,

Et ne laissa jamais sans joie et sans amour,

L'enfant qui met en lui toute son espérance,

Et qui pour ses parents l'invoque chaque jour.

De ceux qui partagaient ma cruelle infortune

La touchante amitié me rendit le bonheur;

La souffrance est moins grande alors qu'elle est commune;

Un ami n'est-il pas le plus doux bien du cœur?

Toujours, quand par nos yeux des larmes sont versées,

Un mot consolateur nous est donné par lui;

Il est le confident de toutes nos pensées,

Et dans l'adversité nous l'avons pour appui.

Sa parole est pour nous comme un divin dictame;

Elle calme, elle endort souvent notre douleur;

Son âme est le miroir où se mire notre âme,

Et son cœur est l'écho de notre propre cœur.

Quand la mort, tout-à-coup, de sa faux meurtrière,
Aux plaisirs, au bonheur, nous ravit jeune encor,
En répandant des pleurs, il clôt notre paupière;
Sa prière pour nous vers le ciel prend l'essor.

Bientôt, je quitterai l'asile où mon enfance
A vu ses jours s'enfuir comme de courts instants;
Bientôt il me faudra, sur une mer immense,
Guider mon frêle esquif et braver les autans.

Avec l'aide de Dieu je pourrai, je l'espère,
Voir dans le monde un jour mes efforts réussir;
Ami, qui fus touché de ma douleur amère,
Je garderai toujours ton tendre souvenir.

Puisse le Roi des rois, exauçant mes prières,
Te donner ici-bas des jours longs et prospères!
Puisse-t-il dans le ciel, pour prix de tes vertus,
Un jour te recevoir au banquet des élus!

L'EXILÉ.

—

Oui, c'en est fait, loin de la France,
D'affreuses lois me vont bannir;
Le cœur flétri par la souffrance,
Je pars pour ne plus revenir.

Je vais sur la terre étrangère
Où je périrai sans secours :
Je quitte une amante, une mère,
Dont seul j'embellissais les jours.

O France, ô ma noble patrie!
Des pleurs d'amour baignent mes yeux :
Pour ton bonheur, France chérie,
Souvent je formerai des vœux.

Bientôt de nos belles montagnes
Il me faudra quitter l'air pur ;
Du ciel si beau de nos campagnes
Bientôt je quitterai l'azur.

Je vais aller, sans espérance,
Bien loin sur un sol étranger,
Redemander ma belle France
Au petit oiseau passager.

O France, ô ma noble patrie!
Des pleurs d'amour baignent mes yeux.
Pour ton bonheur, France chérie,
Souvent je formerai des vœux.

Après la pénible journée
Qui mettra fin à ma douleur,
Pour une enfant infortunée
Dont l'amour fait tout mon bonheur,

Le monde n'aura plus de charmes.;
Et, n'attendant plus mon retour,
Elle flétrira dans les larmes
Son cœur pour moi brûlant d'amour.

Lorsque j'aurai quitté la vie,
Écho des bois, brise des cieux,.
A la beauté qui m'est ravie,
Reportez mes derniers adieux.

CHANT DES PÊCHEURS BRETONS

Braves amis, quittons ces rives;
Là-bas, comme un râle de mort,
J'entends dans les vieilles ogives
Gémir le vent glacé du Nord.
C'est l'heure où les noires sorcières
Quittent leurs antres solitaires,
Et détournent de son chemin
Le pâtre imprudent qui s'attarde,
Et qui, sans nul effroi, regarde
Le jour penché vers son déclin.
L'océan, de ses voix plaintives
Fait entendre l'immense accord;
Les flots, là-bas, battent les rives;
Fuyons, prions, gagnons le port.

A MONSIEUR DILLARD.

Le sommeil bienfaisant délaissant ma paupière,
Je viens en quelques mots vous exprimer mes vœux ;
Ouvrant de votre cœur l'oreille à ma prière,
Ami, changez pour moi le *vous* respectueux,
En un *tu* moins honnête et plus affectueux.

RÉPONSE A UN AMI.

Ta lettre de mon âme a banni les alarmes,
Et, par elle, un instant, je renais au bonheur;
Ton long silence, ami, faisait couler mes larmes,
Et souvent, malgré moi, j'étais sombre et rêveur.

Depuis le jour fatal que marqua ton absence,
Il règne un vide affreux dans mon cœur languissant
Maintenant, le plaisir c'est pour moi la souffrance,
Et l'amitié naïve a perdu son accent.

Rien ne peut égayer ma profonde tristesse.
Sans toi, je n'aime plus ni le chant des oiseaux,
Ni le parfum des fleurs que le zéphir caresse,
Ni les concerts lointains des murmurantes eaux.

Je n'aime plus des nuits l'astre plein de mystère,
Versant sur les vallons sa mobile clarté;
Je n'aime plus d'Orma la grotte solitaire,
Ni de ses verts coteaux la noble majesté.

Le soir n'a point de voix pour parler à mon âme,
L'aurore point de pleurs, ni le vent de soupirs;
La mer n'a point de flots, le ciel n'a point de flamme;
La rose est sans parfums, le printemps sans zéphirs.

Souvent, quand je parcours les nombreuses allées
Qui coupent en tous sens le bois cher à ton cœur,
Je me rappelle, ami, les heures écoulées
En de doux entretiens dans ce bois enchanteur.

Si la voix d'un oiseau vient frapper mon oreille,
Si la prière sonne aux hameaux d'alentour,
Si dans les airs j'entends bourdonner une abeille,
Si je cueille une fleur éclose avec le jour,

Si de l'humble ruisseau serpentant sous l'ombrage
Le doux gazouillement arrive jusqu'à moi,
D'un bonheur qui n'est plus je retrouve l'image :
Fleur, insecte, ruisseau, tout me parle de toi.

Tout me dit qu'en des jours que le passé dévore,
Ta main, pressant ma main, me révélait ton cœur;
Que, pour moi, dans tes yeux, souvent venait éclore
Un souris dont, hélas ! j'ignorais la douceur.

Ah ! si mes yeux jamais ne virent ton visage,
Si jamais ton regard ne fut connu du mien,
De ton cœur j'ai toujours entendu le langage,
Et de ton amitié j'ai toujours fait mon bien.

ADIEUX D'UN FILS A SA MÈRE.

———

Je vais quitter cette chaumine
Où je reçus jadis le jour,
Ce beau vallon, cette colline,
Dignes objets de mon amour.

Je vais loin de ces lieux, ma mère,
Où commencèrent nos douleurs,
Par mon travail gagner, j'espère,
Un pain qui séchera vos pleurs.

Déjà, dans la pauvre chaumière
Le vent d'hiver se fait sentir;
Embrassez-moi, ma vieille mère;
C'est le signal : il faut partir.

Ne pleurez pas, ma bonne mère;
Je reviendrai dans ces climats
Quand le printemps sur cette terre
Aura remplacé les frimas,

Ma mère, adieu! prenez courage;
J'emporte la croix du Sauveur,
Et votre consolante image,
Précieux gages de bonheur.

Déjà, dans la pauvre chaumière
Le vent d'hiver se fait sentir;
Embrassez-moi, ma vieille mère;
Bénissez-moi, je vais partir.

Il part! Sa mère désolée
Tout bas forme pour lui des vœux;
Il disparaît dans la vallée;
La mère encor le suit des yeux.

Un jour, en ta belle patrie,
Bon Savoyard, tu reviendras;
Mais, hélas! ta mère chérie
Dans ses foyers ne sera pas.

Il s'en revint dans la chaumière
Lorsque l'hiver allait finir;
Il n'y retrouva pas sa mère.
Il revint.... ce fut pour mourir!

A MES PARENTS,

A L'OCCASION DE LA NOUVELLE ANNÉE.

Bientôt du nouvel an se lèvera l'aurore :
Heureux si dans vos bras je voyais son retour !
Exilé loin de vous, ô parents que j'adore,
Si sous mes doigts craintifs mon luth frémit encore,
Dans de modestes vers je vous veux, en ce jour,
Témoigner mon respect et mon constant amour.
Pourquoi du doux zéphir ne puis-je avoir les ailes?
Parents aimés, j'irais vous presser sur mon cœur !
Ah! si j'étais léger comme les hirondelles,
Si je fendais les airs comme les tourterelles,

Vers toi je volerais, ô ma petite sœur,

D'innocence et d'amour aimable et tendre fleur !

Vous dont je suis aimé, vous dont je tiens la vie,

Vous pour qui chaque jour j'invoque le Seigneur,

Père sensible et bon, mère douce et chérie,

Frère, sœurs, que souvent à mon âme attendrie

En fantômes légers peint un rêve enchanteur,

Vivez tous de longs jours, c'est le vœu de mon cœur.

Privé bien jeune encor de la douce lumière,

Je ne croyais, hélas! vivre que pour souffrir;

Tout semblait n'être plus pour moi sur cette terre

Qu'amertume et douleur; comme l'ombre légère,

Tout ce qui m'entourait parut s'évanouir;

De tout ce que j'aimais je ne dus plus jouir.

Dès-lors, je ne vis plus les oiseaux, les bocages,

Les clairs ruisseaux roulant leurs flots harmonieux;

Je ne vis plus l'éclair briller dans les orages;

Le soleil se jouer à travers les nuages,

Les sillons empourprés qu'il trace dans les cieux,

Ni de l'astre du soir les regards amoureux;

Je ne vis plus l'épi courbé par le zéphire;

Je ne vis plus les fleurs éclore sous mes pas ;
Ni le bleu firmament où l'aurore se mire ;
Pour moi sur un visage errait-il un sourire,
Enfant infortuné, je ne le voyais pas !
N'était-il donc pour moi que douleurs ici-bas ?
Hélas ! vous le croyiez, parents que je révère,
Vous que mon triste sort a fait souvent gémir.
« Que fera, disiez-vous, notre enfant sur la terre ?
« Mon Dieu ! que fera-t-il ?... » ô mon père ! ô ma mère !
Alors, avec effroi pensant à l'avenir,
Vous sentiez dans vos yeux des pleurs brillants courir.
Mais calmez vos chagrins ; à la douce espérance
Ouvrez, ouvrez vos cœurs, ô mes parents chéris !
L'Éternel m'a béni dans son amour immense ;
Du savoir, en mon âme, il a mis la semence ;
Un utile travail à mes mains est permis.
Ne pleurez plus mon sort, ô mes tendres amis !
Sept mois d'attente encore et vers toi je m'élance,
Mère, qui me disais de prendre, en mon malheur,
Pour boussole la foi, pour voile l'espérance !
Mère, qui m'enseignas, dès ma plus tendre enfance,

La crainte, le respect et l'amour du Seigneur,

Au moment de te voir j'aspire avec ardeur.

Père dont les regards sur moi planaient sans cesse,

Ami dont les baisers me faisaient tant de bien,

Ton image est toujours présente à ma tendresse.

Bons parents, je voudrais, en ce jour d'allégresse,

Sentir battre vos cœurs pressés contre le mien.

Près de vous, à ma joie il ne manquerait rien.

O toi, qui peux donner et reprendre la vie,

Architecte divin de ce vaste univers,

Dieu tout-puissant et bon que chaque jour je prie,

Et toi, Reine des Cieux, Vierge sainte, ô Marie,

Vous, que les Séraphins chantent dans leurs concerts,

Veillez, veillez toujours sur ceux qui me sont chers!

A MADEMOISELLE MARCHAND.

———

Vous qui portez le nom de ma mère chérie,
        Si quelquefois, tendre Marie,
Vous désirez savoir, dans la langue de miel,
        Ce que c'est que le Ciel;
Je vous dirai sans fard : là, pure et sainte ivresse,
        Délirante allégresse,
        Bonheur sans fiel pour tous;
Dans le Ciel, on ne sent ni douleur ni tristesse,
Et sur des harpes d'or s'accompagnent sans cesse
        Des anges bons et doux
        Comme vous.

———

QUATRAIN.

A MONSIEUR JULES LARRONDE.

Si votre cœur un jour dans le mien pouvait lire,
J'oserais espérer, un peu plus qu'à demi,
Ce que bien franchement je souhaite et désire :
Le droit de vous donner le nom si doux d'ami.

FRAGMENTS.

A LA FAMILLE LOCHON.

Les vives craintes, les alarmes
Sont le partage de vos cœurs;
Vos nuits sont pleines de vos larmes,
Et vos réveils sont des douleurs.
Mais le cri de votre détresse
Du Roi des rois est entendu,
Et l'enfant de votre tendresse
A vos vœux est enfin rendu.

Comme, sous la main du zéphire,
La fleur mourante s'ouvre encor
Pour donner parfum et sourire
Aux beaux rayons d'un soleil d'or,
Sous vos tendres baisers de mère,
De père, de pieuse sœur,
Celui que mon âme aime en frère
A vu s'éteindre sa douleur.

QUATRAIN.

Si j'avais l'aile de la brise,
J'irais, à chaque aube du jour,
Prendre, sur ta moustache grise
Le baiser de paix et d'amour.

UN VOYAGE A LAPLUME,

A MONSIEUR AUGUSTE DILLARD.

Pour que ton regard se repose
De mes longues lignes de prose,
Ami, je veux te dire en vers
Comment à l'hôtel de la Rose
Un bon déjeuner se compose.

De fin Ruolz sont nos couverts,
Nos serviettes et notre nappe
Dont le riche tissu nous frappe
Effacent la neige en blancheur.
Avec tout cela, notre hôtesse

Est d'une exquise politesse
Et d'un citron a la fraicheur.
C'est une veuve sans famille
Qui jadis fut, dit-on, gentille
Et sut inspirer de l'amour.
Depuis dix ans, s'il faut en croire
Son bon vieux serviteur Grégoire,
Minces bourgeois lui font la cour.
Enfin, après un grand quart-d'heure,
Les radis sans sel et sans beurre
Sur la table sont apportés;
Un fricandeau, quatre alouettes,
Et deux bien maigres côtelettes
Sont bien grassement achetés,
Ainsi qu'un morceau de fromage
Dont je ne puis dire le nom,
Mais qui certes n'était pas bon.
De grosses noix, fidèle image
Des mérites de notre temps,
Sèches et creuses au-dedans,
N'offrent à notre faim avide

Qu'une large coquille vide
Et de la fatigue à nos dents.
Maintenant, tu connais la carte,
Il me faut t'en dire le prix :
C'est huit francs, bière et vin compris.

Pour Laplume il faut que je parte,
Et tu vas venir avec moi,
Car ce voyage, je m'en doute,
Ne sera pas sans fruit pour toi.
D'abord, nous verrons sur la route
Des arbres qui courbent en voûte
Leurs immenses rameaux jaunis,
Où se balancent de vieux nids,
Qu'à leurs amours, avec grand'peine,
Les bardes ailés de la plaine
Donnèrent pour temple au printemps.
Combien de joyeuses couvées
Dans les airs se sont élevées
Du sein de ces berceaux flottants ?..
Plus loin, de vingt châteaux antiques
On voit les débris poétiques

Qui semblent dire au voyageur :

Un instant que tes pas s'attardent,

Et que tes yeux surpris regardent

Les restes de notre grandeur....

Le soleil laisse, de sa couche,

Tomber un doux rayon d'adieu ;

L'oiseau qui fatigué se couche,

Offre son dernier chant à Dieu ;

Une cloche se fait entendre :

Nous arrivons, c'est l'*Angelus !*

On est bien loin de nous attendre,

Personne ne nous connaît plus.....

Demain, quand tombera la brume,

Après un soigneux examen,

Nous pourrons parler de Laplume,

Je dors tout debout, à demain !....

Le chant du coq qui me réveille

Me dit la naissance du jour,

Et ma promesse de la veille

En moi se réveille à son tour.

Laplume est une vieille ville,

Dont le nom fut connu jadis,

Et qu'un troubadour, dans son style,

Nomme un terrestre paradis.

L'air que la poitrine y respire

Est plein de force et de santé;

Le vent rarement y soupire;

Son soleil est toujours d'été;

Ses vallons sont couverts d'ombrage

D'une riche et tendre fraîcheur;

Son ciel est un riant mirage :

Vivre à Laplume, c'est bonheur!

Parlant en toute conscience,

Ce pays me semble en retard

Pour ce qui touche la science

Et les travaux œuvres de l'art.

Pourtant, des hommes de mérite

Restent dans ce petit canton,

Et chez ses habitants d'élite

On trouve des gens de bon ton.

Le parler le plus en usage

Est un bien grotesque patois,

Qui compose le beau langage

Dont Jasmin, seul, connaît les lois.

Les femmes, sans être jolies,

Sont loin de manquer de fraîcheur;

Vives et franchement polies,

Elles ont, je crois, un bon cœur.

A Laplume, la crinoline

N'a pas encore pris racine.

Elle absorbe, dit-on, trop d'air.....

Pourtant, le bruit court que Thérèse

Avait, le jour de la saint Blaise,

Un jupon roide comme fer!

Ce qui pourrait être un indice

De l'avénement précieux

De ce riche et gros artifice

Dans ce pays délicieux.

Sous le rapport de la morale,

Laplume paraît saine encor;

En tout, réserve est sans égale,

Et se trouve franchise d'or.

Cependant, j'ai, plus que personne,

La preuve que tous les Plumais
N'ont pas la conscience bonne;
Je le dis sans craindre procès.....
Chez eux l'affection réside
Dans la parole et le regard;
L'intérêt jamais ne la guide,
Elle est droite, noble et sans fard.
C'est elle qui de l'espérance
Sous leurs pas fait naître les fleurs,
Et qui s'en vient de leurs souffrances,
Heureuse, partager les pleurs.
Sa voix, pure comme elle-même,
Appelle tous les cœurs à soi;
Dans ce pays, enfin, on aime,
Ami, comme on aime chez toi.

A MONSIEUR A. CAYROU.

En retour des bienfaits sans nombre
Que votre main sème dans l'ombre,
J'apprends, non sans un vrai bonheur,
Que de l'étoile de l'honneur,
Le chef puissant de notre empire,
Écoutant de Dieu qui l'inspire
La voix qui lui dit votre nom,
Vient de vous faire un juste don,
En attendant l'heure suprême
Où, le front ceint d'un diadème,
Au banquet sacré des élus
Vous feront asseoir vos vertus.

SOCIÉTÉ DES INSTITUTEURS ET INSTITUTRICES

DU DÉPARTEMENT DE LA SEINE.

DE LA POSSIBILITÉ

DE

L'EMPLOI DES PROFESSEURS AVEUGLES.

HISTORIQUE.

PAR M. ROBINET,

MEMBRE, VICE-PRÉSIDENT DE LADITE SOCIÉTÉ, OFFICIER DE
L'ACADÉMIE, INSTITUTEUR, A PARIS.

J'ai eu l'honneur d'appeler votre attention sur des
faits que j'ai expérimentés, et qui m'ont paru susceptibles d'obtenir toutes les sympathies d'une Société
comme la nôtre; c'est-à-dire d'une Société éclairée
et toujours disposée au bien.

Un grand nombre d'enfants, vous le savez, sont atteints, dès leur naisance ou dès leur bas-âge, d'une infirmité redoutable qui, récemment encore, mettait l'être qui en était frappé dans la [plus déplorable des conditions, s'il appartenait à une famille pauvre.

Je veux parler de la cécité.

L'aveugle alors était voué, sans réserve, à l'ignorance la plus absolue, et son esprit restait dans les mêmes ténébres que ses yeux.

Heureusement, il n'en est plus ainsi de nos jours. La bienveillance du Gouvernement a rendu possibles toutes les améliorations que des hommes éminents par leur position et leur science, et plus encore par leur caractère élevé et généreux, avaient proposées pour l'éducation de personnes si dignes d'intérêt.

L'œuvre fondée par Valentin Haüy est dans un état complet de prospérité.

Déja, d'importants résultats ont été obtenus dans l'Institut impérial des jeunes aveugles, où trois cents élèves des deux sexes se trouvent réunis, et sont

exercés à la pratique des travaux manuels qui s'exé-
cutent avec habileté.

Presque tous les élèves sont musiciens, et chez
eux, l'instruction est élevée au niveau de celle des
voyants.

Enfin, toutes les connaissances humaines ont été
mises à la portée des aveugles, depuis qu'ils savent
lire, et plusieurs d'entre eux, instruits par des professeurs aveugles eux-mêmes, ont soutenu les épreuves
académiques avec un succès complet.

Les aveugles se distinguent partout par leur régu-
larité, leur zèle, leur intelligence et leurs sentiments
doux et pieux.

Ne vous appartient-il pas d'ouvrir la carrière de
l'enseignement à ceux qui sont pourvus d'un brevet
de capacité obtenu dans les mêmes conditions que
les voyants?

J'espère que vous en jugerez ainsi.

M. Dufau, directeur, et M. Thiac, administrateur

de l'Institut Impérial, connus des aveugles par le bien qu'ils leur ont fait, m'ont invité à essayer de l'emploi d'un élève, reçu professeur, dans mes classes. — J'accédai volontiers à leurs désirs, et depuis neuf mois, M. Clovis Besson est chargé, chez moi, des leçons de français, comprenant la grammaire, la syntaxe et la littérature; des leçons d'histoire, comprenant l'histoire sainte, l'histoire ancienne et l'histoire de France, dans mes première et deuxième classes; enfin, d'une instruction morale et religieuse pour mes jeunes enfants.

L'expérience m'a démontré ce qui suit :

1º Le professeur aveugle est l'égal, sinon le supérieur du professur voyant, dans toutes les branches de l'enseignement théorique ;

2º Il possède d'excellents livres qu'il lit avec une grande facilité, car les mains ont hérité des yeux ;

3º Grâce à un exercice continuel, sa mémoire est sûre et meublée de mots et d'idées qui ne laissent aucune inquiétude snr le langage qu'il tiendra à ses élèves ;

4º Ses professeurs, aveugles eux-mêmes, se sont servis à son égard d'une excellente méthode, qui est une garantie de succès;

5º Sa tenue est toujours convenable;

6º Il connaît ses élèves après un petit nombre de leçons, peut en faire la liste et leur mettre des notes.

Cependant, une objection se présente, objection sérieuse et capitale.

Comment maintiendra-t-il la discipline?

Il n'est pas besoin de demander comment il enseignera l'écriture, le dessin, etc. Évidemment, il ne peut être chargé de ces parties.

Si tous les enfants voyants étaient suffisamment attentifs et sages, on comprend qu'il n'y aurait aucune difficulté; car, à part les arts graphiques, qu'il ne suffit pas de démontrer, l'aveugle fait exécuter toutes les corrections des devoirs par l'explication, la lecture et l'épellation.

Je ne proposerai donc pas d'abandonner le professeur aveugle à tous les hasards que peuvent amener, dans une classe, la malice et l'insouciance des enfants en général, et même la méchanceté et le mauvais vouloir de quelques-uns.

Il faut accorder, sans interruption, la présence d'un surveillant : là, gît le plus grand obstacle; mais cet obstacle est-il invincible?

En général, dans les écoles de garçons, on emploie peu de professeurs spéciaux. Chaque classe a son maître, qui en fait tout l'enseignement. J'ai donc pensé que l'aveugle avait peu de chances d'être appelé par les institueurs.

Les institutions de demoiselles sont-elles dans le même cas?

Je dis non., et c'est ce qui me donne l'espoir fondé, que notre tentative ne sera pas sans résultats.

Vous le savez, il est d'usage pour les demoiselles que certaines parties de l'enseignement, et notamment le français et l'histoire, soient faites par des professeurs libres, à raison de deux ou trois leçons

par semaine ; et dans ce cas, toujours une sous-maî-
tresse reste en permanence à la leçon, chargée
qu'elle est de faire faire les devoirs, et d'en surveiller
la bonne exécution.

Là, le professeur aveugle présentera les mêmes
avantages que le professeur voyant.

C'est après avoir établi ces faits que j'ai sollicité la
nomination d'une Commission, à l'effet de contrôler
l'opinion que j'ai émise ; et M. le Président, sur ma
demande, a bien voulu m'adjoindre deux honorables
et bienveillants confrères.

Dans une première réunion, l'un des membres ayant
manqué à l'appel, l'autre me déclara qu'après examen,
il acceptait personnellement tout ce que j'avais avancé
de favorable ; mais qu'il désirait, pour que le rapport
à faire acquît toute la force voulue, que nos convic-
tions fussent appuyées en connaissance de cause, par
plusieurs de nos confrères qui se réuniraient volon-
tairement à la Commission.

D'après cet avis, j'invitai quelques confrères à une
seconde séance. Ils acceptèrent avec empressement,

et après une épreuve de deux heures qu'ils firent subir au jeune professeur, ils exprimèrent, en se retirant, leurs vifs sentiments de satisfaction, et m'autorisèrent à faire ce rapport, qu'ils ont signé.

Signé : MM. RIGOLOT, GUILLOT, PIERSON, SILVESTRE, LAMBERT, DEVILLIÈRE et ROBINET : *ce dernier*, Rapporteur.

TABLE.

www.ingramcontent.com/pod-product-compliance
Lightning Source LLC
Chambersburg PA
CBHW051138260626
47170CB00005B/1867